Cher Journal

Des pas sur la neige

Isabelle Scott
à la rivière Rouge

CAROL MATAS

TEXTE FRANÇAIS DE MARTINE FAUBERT

Éditions
■ SCHOLASTIC

À bord du *Prince of Wales,*
faisant voile vers
la Terre de Rupert,
juillet 1815

Maman est morte.

J'écris ces lignes sur la toute première page de ce carnet, mais j'ai bien peur qu'il n'en reste que des taches et de pâles traces d'encre, si je n'arrête pas de pleurer.

Quand papa et moi sommes allés chercher, dans la malle de maman, une tenue pour son enterrement, nous avons trouvé ce carnet caché dans les plis de sa plus belle robe, celle qui est en soie grise. J'ai pris le carnet et je l'ai tendu à papa. Il a lu l'inscription sur la page de garde : c'était tout ce que maman avait eu le temps d'écrire! Soudain, avant que je puisse l'en empêcher, il a arraché la page, en a fait une boule et l'a jetée par terre. Puis il a lancé le journal dans un coin. Je me suis précipitée pour le ramasser, et la boule de papier aussi.

« Je vais m'occuper du journal, papa. Je vais le continuer à sa place. »

Papa n'avait pas l'air de m'entendre. Mais moi, je me disais que, si j'arrivais à sauver le journal, je pourrais sauver un petit quelque chose de maman.

En écrivant ces mots aujourd'hui, je vois bien que c'était insensé, mais je crois que, sous le coup de l'émotion, nous n'étions ni l'un ni l'autre, dans un état normal. J'ai pourtant le sentiment qu'en racontant l'histoire de notre voyage dans ces pages, je vais pouvoir continuer de parler avec maman. Alors c'est une bonne raison de le faire.

Voici ce que maman a eu le temps d'écrire. Je le recopie, à sa mémoire.

J'écris ces premières lignes, le cœur rempli d'espoir. Dans quelques jours, nous voguerons sur l'Atlantique, le regard tourné vers le Nouveau Monde. Je me sentirai l'esprit en communion avec les grands goélands blancs qui planeront sur nos têtes, me rappelant que nous nous rendons dans des contrées vastes et généreuses, où nous pourrons retrouver notre indépendance et notre dignité.

Elle a été enterrée, revêtue de sa robe de soie grise. Je me rappelle les histoires qu'elle me racontait à propos de cette robe : qu'elle la portait les soirs de fête, quand son père recevait les voisins dans leur magnifique manoir. Je me l'imagine au centre de la salle de bal inondée de lumière, le visage bordé par sa splendide chevelure rousse, avec ses beaux yeux bleus et son sourire espiègle, entourée d'invités qui la regardent virevolter au son de l'orchestre, béats d'admiration.

Et voilà que j'ai manqué à mon engagement! J'ai complètement oublié de dire qu'au moment où j'écris ces lignes, je me trouve sur un navire qui porte le nom de *Prince of Wales*. Et je n'ai même pas noté la date ni l'heure. À vrai dire, je ne sais plus très bien quel jour nous sommes. La prochaine fois, je vais le demander à un des marins et l'inscrire dans mon journal. Je promets que je vais essayer de m'améliorer, car maman doit s'attendre à ce que je fasse de mon mieux.

Robert a l'air perdu, sans maman. À neuf ans, il est assez grand pour qu'on lui dise qu'elle ne reviendra plus, mais pas assez pour comprendre vraiment ce que cela signifie. D'ailleurs, je crois qu'aucun de nous ne le comprend vraiment. James, en bon grand frère, tente de réconforter Robert avec des blagues et des histoires, mais toutes semblent tomber à plat. Et le temps que Robert passait normalement avec papa lui a été enlevé aussi, car papa est tellement anéanti par son chagrin qu'il ne se rend plus compte de rien.

Il reste assis sur sa malle à longueur de journée, sans aucune énergie. Je dois le traîner de force sur le pont, à l'air libre. Il ne parle à personne.

Je me rappelle encore le jour où papa est revenu à la maison, avec l'air d'être sur le point d'exploser de joie. Je venais d'avoir 12 ans. Papa nous rapportait une nouvelle qui allait changer à tout jamais le cours de notre existence. Difficile d'imaginer que c'est le même homme qui se tient devant moi aujourd'hui. Alors, ses yeux brillaient, et il ne tenait pas en place, tant il était excité.

« J'ai rencontré un type qui représente le comte de Selkirk, nous avait-il dit. Il recrute des hommes prêts à quitter l'Écosse pour aller s'établir en Terre de

Rupert, au Nouveau Monde! La traversée de l'océan est très longue, mais, dans le Nouveau Monde, nous serons propriétaires en titre de nos terres. La vallée de la rivière Rouge est fertile, à ce qu'on dit, et la belle saison y est assez longue pour donner de bonnes récoltes. C'est une occasion à ne pas manquer. L'occasion ou jamais pour nous d'améliorer notre sort. De refaire notre vie. De devenir propriétaires terriens. De gravir quelques échelons dans la société. De ne pas rester en état de servitude. »

Maman avait ri de son bonheur.

« Tu n'as pas besoin d'essayer de me convaincre, William, avait-elle dit. Nous allons vivre la plus grande aventure de notre vie. »

En disant cela, elle avait lancé son ouvrage de couture dans les airs, et papa l'avait prise dans ses bras. Tous deux s'étaient mis à tournoyer, comme s'il y avait de la musique et qu'ils dansaient dans une salle de bal tout illuminée par de grands candélabres et somptueusement décorée de bouquets de fleurs.

J'imaginais notre vie dans le Nouveau Monde, habitant une grande maison, avec des domestiques pour me servir et de jeunes prétendants qui se bousculeraient à notre porte. Je n'étais pas effrayée pour deux sous. Évidemment, j'étais désolée à l'idée de quitter mes amis, mais au fond de moi, j'avais toujours su que j'allais partir, j'avais toujours eu le sentiment que j'étais destinée à un avenir plus brillant. Et voilà que ça se réalisait!

Aujourd'hui, j'ai fait un peu de couture : des retouches aux robes de maman afin de pouvoir les porter. Papa m'a surprise ainsi, l'aiguille à la main. Il a soulevé la manche d'une des robes, puis l'a laissée retomber et, finalement, il a parlé.

« Est-ce que je t'ai dit, Isabelle, comment nous nous sommes rencontrés, ta mère et moi? »

J'ai entendu leur histoire des milliers de fois, bien sûr, mais j'étais tellement contente d'entendre papa parler que j'ai simplement dit : « Raconte-le moi, papa, s'il te plaît. »

J'ai déposé mon ouvrage de couture et j'ai attendu, le temps qu'il vienne s'asseoir tout contre moi.

« Quand ta mère n'avait que 18 ans, son père a perdu toute sa fortune, qu'il avait engagée dans je ne sais quelle entreprise. Ta mère, ainsi que ses trois sœurs, ont été obligées de trouver du travail. Ce jour-là a été un jour de chance pour moi, car ta mère est devenue gouvernante dans une grande demeure du sud de l'Écosse, où je travaillais aux écuries, à prendre soin des chevaux de course.

Je suis tombé amoureux d'elle, à la seconde même où je l'ai aperçue pour la première fois, et elle est tombée amoureuse de moi, elle aussi. Mais nous ne pouvions pas nous marier, car nous n'étions pas du même rang social. Nous nous rencontrions en cachette, quand mes patrons n'étaient pas là, et nous allions nous promener et bavarder. Finalement, nous avons décidé de nous enfuir. Je me rappelle ce jour-là. Il faisait froid et il pleuvait à verse, mais nous avions l'impression que c'était une journée ensoleillée, la plus belle que nous ayons jamais vue. Nous... »

Là, sa voix s'est cassée un peu. « Vous quoi, papa? » lui ai-je aussitôt demandé, même si j'aurais pu raconter l'histoire par cœur, presque mot pour mot. Mais je voulais qu'il continue de parler, espérant que cela le soulagerait. Et aussi, je dois l'avouer, parce que je voulais qu'il reste près de moi. Je me sens très seule sans maman, et sans lui, même si c'est différent.

« Nous avons loué une terre dans les Highlands, mais nous rêvions de quelque chose de plus important. Nous nous voyions propriétaires de notre terre, nous souhaitions offrir davantage à nos enfants. C'est pour cette raison que ta mère insistait toujours pour que tu parles l'anglais à la maison, et non pas le gaélique. C'est aussi pour cela qu'elle t'a appris à faire de la broderie et de la dentelle. »

« Et comment servir le thé comme une vraie demoiselle, et marcher bien droite, comme si je portais un livre sur ma tête », ai-je ajouté.

Papa a hoché la tête, puis, sans dire un autre mot, il s'est levé et est parti, comme s'il m'avait complètement oubliée, encore une fois.

Nous avons quitté les côtes du Groenland et nous allons bientôt entrer dans le détroit de Davis. Deux marins sont montés dans le nid de pie et surveillent les icebergs avec des lunettes d'approche. Cet après-midi, ils ont aperçu des baleines, et tous les jeunes passagers se sont massés sur le pont afin de les observer. Quel magnifique spectacle! Les énormes bêtes émergeaient à la surface, puis s'enfonçaient de nouveau dans la mer en faisant un bruit de tonnerre, et des vagues et des éclaboussures.

27 juillet

Aujourd'hui, je me suis occupée de l'enseignement biblique, car M. McBeth est tombé malade. Il paraît que les parents ne sont pas satisfaits de son enseignement et ils ont demandé à John Matheson, qui est plus jeune, de le remplacer, ce qu'il fera dès demain. Dorénavant, il y aura classe tous les jours, de 11 heures le matin à 2 heures l'après-midi. On m'a demandé d'être l'assistante de M. Matheson, car je suis très avancée en anglais, alors que la plupart des passagers ne font que le baragouiner.

Je leur ai lu des passages de l'Exode. Je n'arrêtais pas de penser à maman, qui n'atteindra jamais la Terre promise, tout comme Moïse en a été empêché par Dieu lui-même.

Maman était tout excitée, quand nous avons fait nos bagages. Elle n'en pouvait plus d'attendre de se lancer dans cette grande aventure. Et elle n'avait aucun regret en pensant aux choses qu'elle allait laisser derrière elle. Elle avait pris la belle argenterie qu'on lui avait remise lors de la liquidation des biens de son père, simplement pour pouvoir la vendre au cas où cela deviendrait nécessaire. Le reste des bagages se réduisait à l'essentiel : des vêtements chauds, des châles, des bas, des gants et des grosses bottes.

« Ce sera dur, au début, m'avait-elle prévenue. Difficile et éreintant. Ne va pas t'imaginer une vie de rêve, avec des serviteurs, Isabelle. Sois prête à tout. Ce seront peut-être seulement tes enfants qui auront droit à une vie facile, et jamais toi. Souviens-t'en : nous ne serons pas immédiatement propriétaires de notre terre; nous devrons la gagner à la sueur de nos fronts. »

« Je sais, maman », lui ai-je répondu.

« La Compagnie de la Baie d'Hudson a cédé ce territoire à Lord Selkirk, et ton père dit que ça n'ira pas sans problèmes. Ils font la traite des fourrures, et une rivale – la Compagnie du Nord-Ouest – a envoyé des hommes jusqu'ici, pour nous convaincre de ne pas nous rendre là-bas. Ils nous racontent toutes sortes d'histoires d'horreurs à propos de la Terre de Rupert. »

« Ça ne me fait pas peur, ai-je répliqué. Un jour, nous serons propriétaires de notre propre terre. Nous pourrons nous bâtir un grand domaine envié de tous. »

Mais, en même temps, devoir dire adieu à Hélène me faisait de la peine. C'est dur de se séparer de sa meilleure amie d'enfance. On raconte que, bientôt, tout le monde devra quitter les Highlands parce que les terres vont être récupérées pour les moutons. Mais ce n'est pas encore arrivé dans notre région, et nous espérons qu'un tel malheur ne s'abattra pas sur les gens que nous laissons derrière nous.

28 juillet

Dès que j'ai l'impression d'aller mieux, je me retrouve soudain en train de pleurer. Alors j'essaie de me trouver une cachette, car je ne veux pas inquiéter James ni Robert. Mais James m'a découverte ce matin, toute recroquevillée dans un coin, et a essayé de me consoler. Il y avait beaucoup de roulis, car le vent soufflait fort.

« Sais-tu ce que je dis toujours à ceux qui ont le mal de mer? m'a-t-il demandé. Je leur dis de tenir un sou entre leurs dents. Ils n'ont pas beaucoup d'argent. Alors, si ça, ça ne les empêche pas d'être malades, alors c'est qu'il n'y a rien à faire! » J'ai réussi à sourire un peu à travers mes larmes.

« Je sais que maman te manque terriblement, m'a dit James en me tapotant la main. À moi aussi. Mais elle voudrait certainement nous voir heureux. »

« Ça, c'est sûr, lui ai-je répondu. Mais ce n'est pas facile. »

« McTavish s'est cassé le bras », a ajouté James, avec l'air sérieux qu'il prend toujours quand il se prépare à raconter une de ses blagues.

« Vraiment? » ai-je dit en essayant de lui répondre

sur le même ton.

« Oui, oui, et il était très inquiet. Presque affolé. Il est allé voir le docteur :

— Docteur, quand mon bras sera guéri, est-ce que je vais pouvoir jouer de la cornemuse?

— Bien sûr, mon brave, a répondu le docteur.

— C'est vrai? a dit McTavish, tout étonné. Alors ça, c'est vraiment formidable parce que je n'ai jamais su en jouer. »

Je n'ai pas pu m'empêcher de rire de cette blague stupide. James avait le sentiment d'avoir fait son devoir et il est parti à la recherche de Robert.

1er août

Nous naviguons à travers des glaces flottantes, et notre navire heurte un mur de glace après l'autre. Quand cela se produit, les marins l'en dégagent avec leurs longues perches. De temps en temps, le fond du bateau résonne de manière sinistre quand il frappe une masse de glace, sous l'eau.

Je viens de faire une découverte assez désagréable. Plus je passe de temps à bord de ce navire, plus je m'y sens à l'étroit. Je n'avais jamais ressenti cela auparavant. Mais c'est vrai que je n'ai jamais été ainsi confinée dans un si petit espace. Notre maison dans les collines n'était pas grande, mais je savais que, si m'y sentais à l'étroit, ce qui m'arrivait assez souvent, je n'avais qu'à aller faire une longue promenade, ce que je faisais avec plaisir, beau temps mauvais temps. Je me remplissais la poitrine des bonnes odeurs de la campagne, du parfum des fleurs et des arbres, et parfois, je me mettais à courir, juste pour avoir le plaisir de sentir le vent sur mon visage. Je reste souvent sur le pont à me laisser caresser par le vent, mais, quand je regarde autour de moi, tout ce que je vois c'est l'immensité de l'océan, maintenant devenu une mer de glaces; et moi, je suis prisonnière sur ce petit navire. Je dois chasser ces idées noires, car ça ne fera qu'aggraver les choses.

5 août

Nous sommes prisonniers des glaces. Nous, les colons, avons été logés dans d'étroites couchettes situées dans la soute avant – un endroit froid et humide, et sombre à faire peur. Nous nous arrangeons donc pour y passer le moins de temps possible. J'ai organisé des jeux pour les petits afin de les tenir occupés quand nous ne faisons pas classe. Nous jouons à cache-cache, bien sûr, et c'est de loin le jeu préféré des plus jeunes. Nous jouons aussi à la marelle et aux billes. Et nous jouons à un jeu qui s'appelle les « petits doigts ». Pour leur montrer comment jouer, j'ai demandé à Robert de rester sans bouger, les yeux fermés et les mains ouvertes derrière son dos. Puis un enfant devait toucher un des doigts de Robert. Robert devait alors deviner qui c'était et dire combien de fois l'enfant devait courir autour du pont. Au premier coup, Robert a dit : « dix fois le tour

13

du pont ». Mais comme il s'était trompé d'enfant, c'est
lui qui a dû faire les dix tours! Les enfants ont adoré
ce jeu, et ça m'a fait oublier que je me sens mal dans
ce bateau.

12 août

Robert a été très villain. Il jouait près des
équipements de pêche, et je lui ai ordonné d'arrêter.
J'avais peur qu'il se blesse. Il a dit qu'il n'était pas
obligé de m'obéir, que Dieu était méchant et que lui
aussi avait le droit de l'être. Je n'ai pas su quoi lui
répondre.

Est-ce que la vie sur Terre est vraiment bonne?
Maman disait toujours : « Dieu est tout amour, bonté
et compassion. » Alors, si c'est vrai, pourquoi nous
a-t-Il enlevé maman? Un Dieu d'amour, de bonté et
de compassion devrait laisser une mère à ses enfants,
non? Ce que je viens de dire est un blasphème, mais
comment peut-on expliquer un tel malheur?

Maman est morte d'une façon tellement bête. Nous
étions à Helmsdale, prêts à nous embarquer pour
notre long voyage et, subitement, elle est tombée
malade. Le docteur de Helmsdale nous a dit que son
sang s'était infecté à cause d'une coupure (nous nous
sommes rappelés qu'elle s'était coupé le doigt sur une
des ferrures de la malle, pendant que nous préparions
nos bagages, quelques jours auparavant) et qu'il ne
pouvait rien pour elle. Je l'ai veillée et j'ai tenté de
faire baisser sa fièvre, mais sans résultat. Elle nous a dit

que nous devions partir pour le Nouveau Monde, même sans elle. Elle a ajouté qu'elle s'en allait dans un monde meilleur, où elle pourrait danser avec les anges en attendant que papa vienne la réclamer et que, nous aussi, nous devions poursuivre notre projet d'aller nous installer dans un monde meilleur. Puis elle est morte.

Alors, évidemment, je me fais du souci pour Robert et j'essaie de le protéger de tout ce qui pourrait lui faire du mal.

14 août

Jasper McKay est en train de jouer de la cornemuse, et des hommes et des femmes dansent au son de sa musique. Moi, j'en suis incapable. Je me rappelle qu'il jouait de son instrument tandis que nous quittions le port de Stromness, où nous avons dû nous rendre après la mort de maman. Les sonorités mélancoliques de la cornemuse me sont allées droit au cœur, et j'avais du chagrin à laisser maman derrière, ainsi que le pays qui est ma mère patrie.

15 août

Nous nous sommes enfin dégagés des glaces! Mon sentiment d'être enfermée n'avait fait qu'empirer, et il était devenu si intense que j'ai cru que je ne pourrais pas le supporter un jour de plus. Sans compter que plus nous resterions coincés longtemps, plus notre voyage s'en trouverait prolongé.

15

Et avec tout ce temps qui passait, j'étais de plus en plus incommodée par les autres colons, et par une fille en particulier, qui est plus qu'énervante : Cathy McGilvery. Je ne l'ai pas mentionnée jusqu'à maintenant dans ces pages, et n'ai rien écrit à son sujet, mais je suppose que je peux raconter ce que je veux dans mon journal intime. Elle ne mérite pas vraiment que je parle d'elle, mais elle a l'air de penser que je m'estime supérieure à tout le monde. C'est très énervant. Elle s'est mise à m'appeler « la Princesse » ou « Son Altesse ». Je n'y peux rien si je me tiens bien, si mes robes sont bien coupées et si je parle l'anglais aussi bien que le gaélique. Elle est petite et maigrichonne, avec les yeux et les cheveux noirs – très différente de moi, qui suis grande et élancée, avec les yeux noisette et les cheveux roux. Elle a 11 ans, tout juste un an de moins que moi.

Bon, je dois avouer qu'elle m'a eue, le jour où elle m'a mise au défi de faire quelque chose de dangereux. Nous naviguions le long d'un énorme iceberg, un iceberg si gros que plusieurs de nos hommes ont pu descendre dessus. Ils l'ont d'abord arrimé à notre bateau avec des crochets, puis ils sont allés y recueillir de l'eau douce.

« La Princesse! m'a lancé Cathy. Je parie que tu as peur d'y aller. »

Tous les enfants nous regardaient.

« Je n'ai peur de rien », ai-je répliqué.

Les marins étaient descendus sur l'iceberg au moyen d'échelles de corde. À toute vitesse, avant que quelqu'un puisse ouvrir la bouche, je me suis précipitée vers une des échelles et je suis descendue sur l'iceberg. J'étais tellement excitée par mon audace et par la tête qu'ils me faisaient tous que je me suis mise à danser, à sauter et à tout faire pour me rendre intéressante. En plus, c'était merveilleux d'être enfin sortie de cette « prison », même si ce n'était que pour quelques minutes. Je me sentais comme étourdie, jusqu'au moment où je me suis rendu compte que les marins avaient presque tous regagné le bateau. Un des derniers à remonter m'a agrippée de manière très irrévérencieuse et m'a fait remonter l'échelle. Heureusement, papa n'a rien vu de tout ça.

Mais je ne suis pas mécontente que mademoiselle Casse-pieds ait eu l'occasion de voir qu'elle ne peut rien trouver qui me fasse peur. Pour une raison que j'ignore, mon exploit, au lieu de calmer l'intérêt qu'elle me porte, semble l'avoir encouragée à continuer. Où que j'aille, elle est toujours là à proférer des méchancetés. Peu importe ce que je dis, elle laisse toujours entendre que je prends de grands airs, même quand je dis simplement bonjour ou bonsoir.

« Oh! mais comme elle parle bien! » se met-elle à cancaner.

« Mais c'était un simple bonjour », dis-je.

« Un simple bonjour! s'exclame-t-elle en levant les yeux au ciel. Un simple bonjour! »

Comme s'il y avait quelque chose de criminel à ce que je m'exprime de cette façon-là!

Nous pénétrons dans la baie d'Hudson. Nous approchons lentement de notre destination.

18 août

Cathy s'est mise à surveiller de près les histoires d'amour naissantes entre les passagers célibataires. Anne McKim n'a rien d'une beauté, mais elle a un caractère doux et de bonnes manières. Elle est l'aînée de cinq enfants, et dernièrement, Nicolas Johnston, un gars qui a les cheveux très noirs, et hérissés aussi comme s'il venait d'avoir la plus grande peur de sa vie, s'est mis à la suivre comme un vrai petit chien. Et Cathy n'est jamais loin derrière lui, à chuchoter, d'un ton railleur, des vers comme :

Belle est la rose qui éclôt
Au retour du printemps nouveau.
Douce est la brise sur mes joues,
Et je suis amoureux de vous.

Elle les harcèle sans pitié, et les jeunes couples ne peuvent jamais avoir la paix.

24 août

Nous venons juste de sortir de la pire des tempêtes. Je ne pouvais pas écrire, car nous étions enfermés dans notre soute tandis que le navire roulait et tanguait à faire peur. Robert a été affreusement malade, comme beaucoup d'autres. L'odeur était tellement épouvantable que d'autres se sont mis à être malades à leur tour, tant et si bien que toute la soute était remplie de l'odeur du vomi et de la sueur, assez pour rendre tout le monde malade. Quand la tempête s'est enfin calmée, il nous a fallu nettoyer les dégâts. À chaque minute qui passait, je me sentais de plus en plus enfermée et, finalement, j'ai cru que j'allais m'évanouir. Mais je ne voulais pas que ça arrive : Cathy aurait sauté sur l'occasion pour me tourmenter.

Je suis épuisée.

27 août

Nous avons jeté l'ancre à l'embouchure de la rivière Nelson. Papa dit que nous sommes à une trentaine de kilomètres seulement d'un poste de la Compagnie de la Baie d'Hudson, appelé York Factory. Il se trouve sur une autre rivière, la rivière Hayes, qui se jette aussi dans la baie d'Hudson. Une goélette va venir nous chercher et nous y emmener. Au moment où j'écris ces lignes, on entend les coups de canon tirés depuis notre navire afin d'avertir de notre arrivée. J'ai le cœur qui palpite, et je me sens comme un petit oiseau qui s'apprête à quitter le nid de ses parents. J'ai hâte de poser le pied sur la terre ferme, mais, en même temps, je m'inquiète de ce qui m'attend.

Je sais que j'ai peu écrit durant la traversée. Je me rends compte que je ne décris pas toujours les événements dans l'ordre, mais c'est la première fois que je tiens un journal et j'ai besoin d'un peu de temps pour m'habituer à la façon de le faire et pour arriver à décider de ce qu'il est important de noter. Je ne vais quand même pas donner les moindres détails de chacune de nos journées. Je vais essayer d'écrire ce qui me semble important et j'espère que ce sera satisfaisant.

28 août

Nous sommes enfin revenus sur le bon vieux plancher des vaches!

Difficile de décrire ce que j'ai ressenti, au moment où je suis descendue de la petite goélette. J'avais envie de crier de joie, comme Robert et James. Mais je suis plutôt restée là, sans bouger, pendant quelques minutes, à essayer de m'orienter. Je me sentais un peu bizarre, comme si j'étais encore sur le pont du bateau en mouvement. Je me suis dit que le mieux à faire était de marcher. Et quelle joie c'était, de ne plus me sentir prisonnière à bord du bateau.

Je suis tout de suite allée faire le tour du fort, qui est de forme octogonale, ce qui est inhabituel. Le bâtiment principal a deux étages et une toiture de plomb. Tous les bâtiments sont en bois, et l'ensemble est entouré d'une palissade. Nous sommes sur la rive nord de la rivière Hayes, et le fort situé dans une espèce de baissière est entouré d'eau stagnante d'où émane une odeur désagréable. En temps normal, je crois que je n'aurais pas apprécié une telle promenade, mais j'étais trop ravie d'être enfin libre!

Ici, les chambres sont froides la nuit parce que, même s'il fait encore assez doux durant la journée, la pluie rend tout humide. Les chambres donnent sur d'étroits couloirs, encore plus humides. La nôtre a un foyer à charbon. La grille a été enlevée afin qu'on puisse y faire brûler du bois. Mais on dirait que le foyer a été construit de façon que toute la chaleur qui s'en dégage soit immédiatement évacuée par la cheminée. La seule façon de profiter d'un peu de chaleur, c'est de rester tout à côté des flammes. Et, depuis que la pluie s'est mise à tomber, le toit fuit.

Pourtant, j'ai fait une découverte qui me fait apprécier l'endroit, malgré son manque de confort : il y a une bibliothèque! J'y ai trouvé une édition de toutes les pièces de Shakespeare et, aussi, quelques pièces de Molière. J'espère que je vais avoir le temps de lire un peu, malgré tout ce que j'ai à faire. En tout cas, c'est une grande surprise!

Ça grouille d'activité ici; les employés de la Compagnie de la Baie d'Hudson empilent les peaux devant être embarquées dans la goélette qui les transportera jusqu'au *Prince of Wales*, pour son voyage de retour en Grande-Bretagne. Nous, les colons, n'avons pas intérêt à être dans leurs jambes. Mais Robert est plutôt doué pour cela et j'entends régulièrement les employés lui hurler de s'enlever de leur chemin. J'essaie de le garder près de moi, mais je suis moi-même très occupée. Je dois refaire tous nos bagages pour la suite de notre voyage; alors je lave et reprise tout ce que je peux, à toute vitesse.

Papa dit que nous allons embarquer dans de grands bateaux plats, qu'on appelle des bateaux d'York, et que nous irons plus au sud, en remontant la rivière Hayes, puis que nous traverserons un très grand lac, appelé le lac Winnipeg, du nord jusqu'au sud. L'endroit où nous allons nous établir, qui s'appelle La Fourche, se trouve juste un peu au sud du lac, là où se rejoignent les rivières Rouge et Assiniboine. Papa m'a dit que notre voyage pourrait durer encore deux mois, et même plus! C'est étonnant. Je ne me rendais pas compte que ce pays était si vaste et que nous aurions à parcourir de si grandes distances.

J'emballe nos affaires dans des sacs imperméables. Apparemment, il y aura des endroits où nous devrons débarquer et continuer à pied. Nous serons guidés par des hommes qu'on appelle Métis, et d'autres qui sont des Indiens cris. Un Métis est le descendant d'un Français et d'une Indienne. Les Métis sont vêtus de peaux de chevreuil, avec un ceinturon rouge vif autour de la taille. D'autres sont les enfants d'Écossais et d'Indiennes. On les appelle des « natifs ». Étonnant qu'un Écossais puisse épouser une Indienne!

Plus tard ce soir, nous allons célébrer la conclusion des histoires d'amour dont j'ai parlé plus tôt. Il y aura trois mariages, d'ici notre départ.

Je suis assise au coin du feu tandis que tout le monde dort (ici, à York Factory, où nous sommes toujours), afin de mettre par écrit une terrible nouvelle. Ce soir, papa est entré dans la chambre, avec sa mine sombre des mauvais jours. Il s'est assis sur la couchette et il m'a demandé d'arrêter de coudre. James s'est vite glissé derrière lui, et même Robert a levé les yeux du petit bateau avec lequel il était occupé à jouer, sentant que quelque chose n'allait pas.

« Les enfants, a dit papa. J'ai appris une très mauvaise nouvelle. Je ne sais pas exactement pourquoi c'est arrivé, mais c'est comme ça. L'établissement à La Fourche a été détruit. »

J'ai crié de stupeur et lui ai demandé comment c'était possible.

« À cause du conflit entre la Compagnie de la Baie d'Hudson et la Compagnie du Nord-Ouest, a répondu papa. Tu te rappelles, avant même que nous quittions l'Écosse, les envoyés de la Compagnie du Nord-Ouest qui essayaient de nous convaincre de ne pas venir ici? D'après ce que je peux comprendre, ils nous voient, nous, les colons, comme une menace directe pour les activités de leur entreprise. Ils ne veulent pas d'un établissement situé au beau milieu de la région où ils viennent chasser le bison. Ils craignent que notre présence fasse fuir les troupeaux. Ils ont besoin du pemmican qu'ils fabriquent avec la graisse de bison et qui sert à nourrir les hommes qu'ils envoient en expédition, très loin à l'intérieur du pays. Pour cette raison (et là, papa a soupiré en secouant la tête), les gens de la Compagnie du Nord-Ouest ont convaincu la plupart des colons déjà installés à La Fourche de quitter l'endroit. Ils leur ont offert des terres dans le Haut-Canada et ont couvert leurs frais de déplacement. Après le départ des colons, ils ont incendié tout ce qui avait été construit là-bas et ont même dispersé leurs bêtes. »

Quelle catastrophe! Après tout ce à quoi nous avons renoncé, nous apprenons que notre destination finale n'est plus que ruines!

« Qu'est-ce que j'ai fait là? a continué papa en se tenant la tête à deux mains. Votre mère n'est plus là, et notre avenir est maintenant incertain! »

« Voyons, papa! a lancé James en bombant le torse. Est-ce que c'est une attitude digne d'un Highlander? Allons-nous nous laisser abattre si facilement? »

« Maman n'aurait certainement pas abandonné si vite, ai-je renchéri en me donnant un air courageux afin de suivre l'exemple de James. Nous ne le ferons pas non plus, papa », ai-je ajouté d'un ton qui se voulait convaincant.

« Ne t'en fais pas, papa, a ajouté Robert. Je vais apprendre à tirer à l'arc. Et grâce à moi, nous allons très vite devenir riches! »

Même là, papa n'a pas réussi à sourire. Alors tu vois, cher journal, que notre avenir est bien incertain. Mais maman nous a tous appris à n'avoir peur de rien et, même si je tremble un petit peu, je ne dois pas me laisser abattre.

J'ai oublié de mentionner que le chef de notre groupe de colons, le gouverneur Semple, a fait la traversée avec nous jusqu'à York Factory. Il a l'air d'un homme cultivé, et maman m'a dit qu'elle a souvent lu des articles à son sujet dans le *Edinburgh Times*. Évidemment, je ne l'ai pas vu souvent durant le voyage, car il prenait ses repas à la table du capitaine, tandis que nous, nous devions manger du gruau dans notre soute. J'espère qu'il arrivera à faire la paix avec ces gens de la Compagnie du Nord-Ouest, car notre destination finale est toujours La Fourche, comme prévu, malgré les problèmes là-bas.

1er septembre

Un groupe d'environ 20 Indiens, vêtus de leurs plus beaux habits de peau de chevreuil, est arrivé au poste ce matin. Papa nous a dit qu'il allait y avoir une cérémonie de traite des fourrures. J'avais hâte d'assister à cet événement.

D'abord, les Indiens se sont vu offrir des quartiers d'ours, de l'eau-de-vie et toutes sortes d'objets de pacotille. Tout le monde s'est assis, le temps de manger ensemble. Même si nous, les colons, sommes très nombreux, on nous a conviés au festin. C'était délicieux.

Les Indiens ont ensuite étalé, par terre, de magnifiques peaux qu'ils ont offertes au chef du poste. Je me suis demandé quand la traite allait véritablement commencer ou si la traite consistait en cet échange de cadeaux.

Mais les Indiens et les gens de la Compagnie de la Baie d'Hudson se sont assis en cercle, et celui qui semblait être le chef des Indiens a allumé une longue pipe. Il portait, sur la tête, une splendide parure de plumes multicolores. La pipe a circulé de main en main, chacun en prenant une bouffée. Puis la traite a vraiment commencé. De petits groupes d'Indiens se rendaient, à tour de rôle, dans un local situé à l'arrière du poste. Papa, qui avait interrogé des gens de la Compagnie, m'a expliqué ce qui se passait.

« Maintenant ils vont échanger des pelleteries contre diverses marchandises. Par exemple, une peau de castor, si elle est de bonne qualité, peut être échangée contre 12 aiguilles à coudre. Ou encore une autre peau de castor contre deux hachettes ou une chemise ordinaire ou une paire de souliers ou une couverture ordinaire. Une couverture à rayures vaut plus cher. Et, pour obtenir un fusil, un Indien doit proposer, en échange, au moins 12 peaux de castor de bonne qualité. À ce qu'on dit, les fourrures les plus courantes sont celles du castor, de la martre et du rat musqué. Mais il y a aussi des peaux d'ours noir, de renard, de loup et d'autres animaux. »

J'ai trouvé ça très intéressant. Je m'imaginais les riches Anglaises en train de se pavaner avec les peaux qui ont été échangées aujourd'hui. Ce divertissement tombait bien, car nous attendons toujours que les guides viennent préparer nos bateaux.

3 septembre

Souhaite-moi bonne chance, cher journal, pour la seconde partie de notre voyage. Je ne peux pas dire que ces bateaux d'York m'inspirent confiance. Ils sont beaucoup trop ouverts à tous les vents et, comme l'été tire à sa fin, il fait déjà très froid certains jours. On nous a avertis que, bientôt, ce serait encore bien pire. Je me fais du souci pour Robert, qui est petit et qui n'a jamais eu une très forte constitution, contrairement à James et à moi. J'ai l'intention de demander à papa si nous ne pourrions pas habiller Robert avec ces peaux que revêtent les Indiens. Je crois qu'il aurait bien plus chaud ainsi.

Mais là, il faut vraiment que je te laisse. J'ai encore des bas à repriser et je dois terminer les bagages. Papa dit que nous partirons peut-être dès demain matin!

6 septembre

Cher journal,

Après deux jours de trajet, la première chose dont je dois te parler, ce sont les insectes. Il y en a une quantité incroyable, absolument inimaginable! Notre première journée à bord des bateaux nous a permis de faire connaissance avec la plupart des espèces qu'on rencontre dans ces contrées. Il y a de toutes petites mouches noires qui sont capables de trouver la moindre parcelle de votre peau qui n'est pas protégée. Puis il y a les maringouins, qui s'abattent sur nous comme un gros nuage, en particulier dans les coins d'ombre, lorsque nous ramons sous le couvert des arbres et à la tombée de la nuit, juste avant de nous arrêter pour camper. Ces monstres sanguinaires vous laissent de grosses marques sur la peau. Robert, plus que les autres, est très incommodé par les piqûres de maringouins qui, sur lui, provoquent des enflures de la taille d'une pièce de monnaie. Sur moi, elles n'enflent pas autant, mais on dirait que les plus anciennes me piquent autant que les plus récentes; j'ai l'impression de m'être transformée en une seule et unique gigantesque piqûre. Par moments, quand personne ne peut me voir, il m'arrive de pleurer de découragement. Mais ce n'est pas tout. Oh non! Car il y a encore les grosses mouches à orignal qui viennent bourdonner autour de nous et qui nous piquent quand elles arrivent à se poser sur nos têtes ou sur une autre partie de notre corps. Il y a aussi les guêpes et les gros bourdons : on risque constamment de tomber sur un de leurs nids et de les déranger. C'est arrivé à James, le premier jour. Ce soir-là, une fois notre campement installé, elles l'ont poursuivi jusqu'à la rivière, et la seule façon de leur échapper a été de plonger dans l'eau glaciale. Il en est sorti enrhumé et frissonnant.

7 septembre

Ce soir, une fois notre campement installé, un des Indiens m'a fait signe de venir auprès de lui, tandis que je baignais le front de James avec de l'eau froide.

J'étais tendue, car je sais que les Indiens sont des sauvages, mais j'ai remarqué Cathy en train de me regarder d'un air narquois, alors j'ai gardé la tête haute et j'ai marché jusqu'à l'endroit où se tenait l'Indien, le couteau à la main! Allait-il me trancher la gorge devant tout le monde? Papa était parti chasser dans les bois, comme la plupart des hommes. J'étais absolument sans défense. L'Indien a dressé son couteau dans les airs, et un grand frisson m'a parcouru le dos. Il a posé la lame de son couteau sur le tronc d'un bouleau, a coupé un morceau d'écorce et me l'a tendu. Puis il a marché jusqu'à la bouilloire et a indiqué l'eau avec son doigt, comme pour me dire de mettre le bout d'écorce dedans. J'ai obéi. Puis il a fait comme s'il avait un verre à la main et a fait semblant de boire tout en désignant James du doigt. J'ai compris que je devais faire une infusion. Et quand James en a bu, sa fièvre est tombée presque instantanément! Je sais que chez nous, maman, nous n'aurions pas utilisé un tel remède. Mais ici, les choses sont différentes, alors j'espère que tu penses que j'ai bien fait.

Le même Indien m'a ensuite montré à me frotter la peau avec de la boue afin de me soulager des piqûres et d'éviter d'en avoir d'autres. (D'ailleurs, ça a soulagé Robert presque immédiatement. Je lui en suis donc reconnaissante.) Il est grand et il s'appelle Renard véloce, nous a dit un de nos guides métis. Son nom lui va bien, car il a un grand nez et le visage étroit, et il fait toujours tout très vite. Il a l'air plutôt sévère, mais

quand je suis allée le voir, toute hésitante, et lui ai dit
« Merci! », il a souri, laissant voir ses dents très
pointues.

Ce n'est pas facile, de trouver du temps pour écrire.
Nous nous levons tous les matins à 7 heures. Nous
nous arrêtons pour camper vers 4 heures de l'après-
midi, quand la journée a été particulièrement dure,
sinon aussi tard que 6 ou 7 heures du soir, quand nous
devons continuer plus loin afin de trouver un endroit
où installer notre camp. Alors il fait déjà noir quand
les tentes sont montées; ce n'est pas facile d'écrire à la
lueur du feu de camp, mais, les jours où je n'arriverai
pas à écrire pendant la journée, je vais quand même
essayer. Aujourd'hui, les chasseurs ont attrapé des
oies, et je peux en sentir le fumet tandis qu'elles
cuisent et que moi, j'écris. J'ai l'estomac dans les
talons!

Je suis pleine d'admiration pour nos rameurs. Ils
peuvent ramer des heures durant, sans jamais
s'arrêter, et font preuve d'une endurance que je
n'aurais jamais crue possible si je ne les avais pas vus.

9 septembre

Nous sommes toujours sur la rivière Hayes. À partir
d'ici, le terrain s'élève, à ce qu'il paraît. Nous
remontons donc vers la source de la rivière et,
aujourd'hui, nous avons eu un avant-goût de ce que ça

veut dire. Il y a toute une série de chutes et de rapides et, comme nous allons à contre-courant, ramer est devenu trop difficile. Nos guides et les hommes les plus forts parmi les colons (donc James et papa, bien entendu) ont attaché des câbles aux bateaux afin de les haler depuis le rivage. Le reste des passagers doit marcher. Le paysage est complètement plat. Papa dit que ça s'appelle la toundra, mais on nous a avertis que le terrain sera bientôt plus accidenté et plus difficile à traverser.

Nous sommes 20 par bateau, et Cathy a trouvé le moyen de prendre place dans le nôtre. Elle fait le voyage avec son père seulement, sa mère étant morte depuis longtemps. Elle a un frère qui se trouve déjà au Nouveau Monde, mais elle n'en parle presque jamais. Maintenant que nous allons à pied, elle ne me lâche plus d'une semelle. Elle me fait penser aux moustiques qui volent sans cesse autour de moi!

10 septembre

Ce matin, j'ai glissé sur un rocher et Cathy, qui n'est jamais loin, m'a rattrapée. J'ai été bien obligée de la remercier, et elle m'a fait ce sourire qui a le don de m'agacer et m'a dit : « Bon, tu as eu de la chance que je me sois trouvée là. Une belle posture ne sert pas à grand-chose ici, n'est-ce pas? »

Je crois qu'elle m'a aidée juste pour avoir le plaisir de me traiter ensuite avec arrogance et de continuer à me taquiner.

Aujourd'hui, on a retiré tous les bagages des bateaux et on a demandé aux femmes et aux enfants d'en transporter le plus qu'ils pouvaient. Nous commençons ce qui s'appelle un portage : ça consiste à porter les bateaux à bout de bras, dans les sentiers, quand il n'est plus possible d'aller par voie d'eau. Les guides se passent sur le front de larges bandeaux appelés lanières de portage, et y attachent les plus gros paquets, qu'ils portent sur leur dos. Ces paquets, ou « pièces » comme ils disent, sont très lourds, et je suis étonnée de la force qu'il faut pour les transporter. Ensuite, les bateaux sont posés sur des rondins et on les fait rouler en les tirant avec des câbles. Cette étape est longue et difficile, et les hommes ont l'air de détester ça. Autant ils paraissaient heureux quand ils ramaient dans les bateaux, autant ils ont l'air malheureux, maintenant.

Et ils ne sont pas les seuls. Nous devons gravir de grands rochers escarpés en portant de lourdes charges. Papa et les autres adultes ne savaient pas que ce voyage allait être si difficile, et j'en entends plusieurs rouspéter, le soir, autour du feu de camp.

Mais il y a une bonne chose. Plus le temps se rafraîchit, surtout le soir, moins il y a de moustiques.

17 septembre

Cathy ne manque jamais une occasion de me faire de la peine. Papa me dit de l'ignorer et de ne pas chercher à lui rendre la monnaie de sa pièce. Je sais, chère maman, que tu ne me permettrais pas d'être méchante, même en réponse à la pire des provocations. J'essaie très fort de ne pas me fâcher, mais hier soir, je n'ai pas pu me retenir.

Je ne suis pas particulièrement dédaigneuse, mais il y a une chose que je ne supporte pas; ce sont les serpents. J'ai fait l'erreur de crier quand une couleuvre a filé devant mes pieds, tandis que nous marchions. Cathy, comme d'habitude, marchait juste derrière moi. Elle a tout de suite compris que j'avais eu peur et, hier soir, j'ai été sortie d'un sommeil profond par une couleuvre en train de glisser sur mon visage. J'ai bondi sur mes pieds en criant, et j'ai réveillé tout le campement. Je l'ai vue qui riait et j'ai su qu'elle était l'auteure de mon humiliation. Je me suis avancée vers elle, et j'allais la gifler quand James m'a attrapé le poignet.

Aujourd'hui, les Indiens bougeaient sans arrêt leurs mains, imitant un serpent en train de ramper, et ils souriaient d'un air moqueur en me regardant. Les jeunes garçons m'ont taquinée sans aucune pitié. Cette Cathy, c'est le diable en personne!

25 septembre

Les Métis parlent français, et les Cris parlent leur langue, alors c'est souvent difficile de suivre leurs ordres. Mais nous essayons de le faire.

Aujourd'hui, en glissant sur de la mousse et des feuilles mortes, le petit Justin Mackenzie s'est cassé la jambe. Les hommes l'ont maintenue droite au moyen d'une branche, mais ensuite, Evan, le grand frère de Justin, a dû tirer le brancard de fortune sur lequel on l'avait étendu.

27 septembre

Il faut que je décrive un peu notre campement.

Quand nous arrivons à la fin de notre journée de voyage, on nous donne des tentes à monter. Nous recouvrons le sol où nous allons dormir avec une toile cirée, puis nous étendons une peau de chevreuil dessus. Ainsi, nous restons au sec, et il y a plein de couvertures pour nous tenir au chaud. Nous faisons à manger sur un feu de camp. Je fais cuire du pain indien, qu'on fabrique avec de la farine, de l'eau et un peu de graisse. Les rameurs mettent du pemmican dans une marmite, avec de l'eau et toutes sortes de racines qu'ils trouvent dans les alentours. Ils appellent cela du *roubabou*. Le goût est bizarre, parfois amer, selon les racines qui y ont été ajoutées, mais papa m'assure que c'est nourrissant. Il veille à ce que nous avalions jusqu'à la dernière goutte de notre ration de ce ragoût, même Robert, qui a juré qu'il ne toucherait jamais à ce truc-là, dès le premier jour où il en a senti l'odeur. Le pemmican est fait avec de la viande de bison séchée, du gras animal et des petits fruits. C'est facile à emporter, ça ne se gâte jamais et c'est très important pour les trappeurs, car c'est leur nourriture de base.

On dit que c'est le pemmican qui a mis le feu aux poudres, à La Fourche. Au cours de notre voyage, nous en apprenons davantage à ce sujet, car tout le monde raconte ce qu'il en sait tandis que nous sommes assis autour du feu de camp. Miles Macdonell, premier gouverneur de la colonie de Lord Selkirk, avait décrété que personne ne pouvait emporter le pemmican qui se trouvait dans les réserves de la colonie de la rivière Rouge. Il craignait que les colons ne meurent de faim, sans provisions suffisantes de pemmican. Les gens de la Compagnie du Nord-Ouest en ont été fâchés, car ils pensaient qu'il s'agissait là d'une manœuvre de la Compagnie de la Baie d'Hudson visant à les empêcher de faire la traite des fourrures. Comme papa nous l'a expliqué plus tôt, ces trappeurs se rendent très loin vers l'ouest et vers le nord, et ils ne peuvent pas y arriver sans le pemmican. Ils craignent aussi que notre présence ne fasse fuir les bisons. Comme de raison, tous les soirs, la discussion tourne autour de l'accueil qu'on nous fera là-bas et du danger qui nous guette peut-être.

Quant à moi, je n'arrête pas de penser aux bisons. J'ai hâte de voir enfin ces bêtes. À en entendre parler, on pourrait croire que ce sont des créatures mythologiques.

1er octobre

Rien d'autre que des portages, de longues marches, des enfants qui pleurent, et des hommes et des femmes qui ont mal aux pieds et au dos. Mais bientôt, nous allons arriver au poste d'Oxford. Aujourd'hui, nous avons regagné les bateaux et traversé le lac Holy. Nous retrouver assis à nous reposer au lieu de marcher péniblement en terrain accidenté était comme un cadeau du Ciel. Il faisait soleil; en nous assoyant dans les bateaux, nous avions l'impression d'être au Paradis. Le paysage a complètement changé. La broussaille et les conifères ont fait place à de grands arbres majestueux : des chênes, des ormes, des peupliers et des érables. Les feuilles sont d'un jaune intense, ponctué ici et là de rouge flamboyant. Aujourd'hui, j'ai pu apercevoir, à travers ces feuillages, la couleur du ciel : un bleu que je n'ai jamais vu auparavant. J'ai senti que nous étions bénis de Dieu.

2 octobre

Nous sommes arrivés au poste d'Oxford. Ce n'est qu'un autre poste de la Compagnie de la Baie d'Hudson. Nous sommes encore logés sous la tente, car il n'y a pas de place pour nous tous dans les bâtiments, mais ce soir, nous avons du poisson frais à manger et, demain, nous pourrons laver nos vêtements!

3 octobre

Des vêtements propres. Quel bonheur! J'ai passé toute la journée à laver et à repriser.

10 octobre

Dès le moment où nous avons quitté le confort du poste d'Oxford, il y a quelques jours, les vents et la pluie nous ont constamment battu le visage, les bateaux ont continuellement menacé de couler et nous avons eu l'impression que notre dernière heure était arrivée. Mon seul réconfort, tandis que je priais pour le salut de toute la famille, c'était de penser que, si nous venions à mourir, je te reverrais d'autant plus vite, maman. Maintenant, il fait trop froid pour écrire, le soir, et le temps est trop humide.

12 octobre

Nous sommes arrivés au poste de la rivière Jack. Certains de nos gens ont de la famille ici, qui est venue nous accueillir. Un jeune homme, Jim Dickson, avait préparé un gâteau au sirop d'érable pour ses parents. Il a dit que c'était une indication de ce que ces terres ont à nous offrir.

13 octobre

Nous avons eu droit à une splendide fête, hier soir, où nous avons mangé et dansé des *reels* et des gigues. Quel plaisir, de pouvoir se reposer! Mais nous devons repartir demain, afin d'entreprendre la traversée du lac Winnipeg, plein sud. Ça pourrait nous prendre des semaines, dit-on.

Je crois que je ne pourrai plus écrire tant que nous ne serons pas arrivés à La Fourche. Il fait maintenant très froid, le soir.

15 octobre

Il fait maintenant tellement froid que ma main n'arrive plus à tenir ma plume.

3 novembre

Nous sommes arrivés aujourd'hui à La Fourche!

Nous sommes logés dans le bâtiment principal du fort Douglas, tous entassés dans une minuscule pièce. Je suis assise au coin du feu et, sur la table faite de bois grossièrement équarri, il y a une lampe-tempête qui me donne juste assez de lumière pour voir ces lignes.

Il s'est passé beaucoup de choses depuis la dernière fois où j'ai ouvert ce journal, il y a déjà plusieurs semaines. Vers la fin de notre voyage, nous avons dû relever encore un autre défi. Il ne nous restait plus rien à manger. Les chasseurs ne trouvaient que du petit gibier, et même pas en quantité suffisante pour nourrir tous ces gens. Les réserves de pemmican étaient épuisées. Nous nous affaiblissions de jour en jour, car notre seule nourriture était un bouillon clair fait avec les racines d'une sorte de navet sauvage. Robert est devenu très pâle, et un rien le faisait grelotter, car il n'avait rien dans le ventre pour le réchauffer. (Et, cher journal, moi non plus, mais je n'aurais jamais osé m'en plaindre, de peur d'inquiéter papa.) Au bout d'un certain temps, nous avions l'impression que notre voyage n'aurait pas de fin et que nous n'arriverions jamais à destination.

Naviguer sur le lac Winnipeg, je le répète, c'était comme de naviguer sur l'océan, tant ce lac est immense. Nos bateaux devaient longer le rivage, car les vents auraient été trop forts pour nous, en plein centre. Par moments, la seule idée que j'avais dans la tête, c'était celle de mon estomac vide, et je crois que je ne me rendais plus vraiment compte de ce qui se passait autour de moi. Finalement, nous avons eu la chance de rejoindre le bateau du gouverneur Semple, qui était parti avant nous. On nous a dit que nous allions atteindre La Fourche dans les prochains jours. Et quand le gouverneur a vu dans quel piteux état nous étions, il nous a offert ses propres provisions de fromage et de galettes. Cela a été suffisant pour nous faire tenir les quelques jours qu'il nous restait à passer à bord de nos bateaux, avant d'arriver à l'embouchure de la rivière Rouge, à l'extrémité sud du lac Winnipeg. Ce mot signifie « eaux boueuses », et c'est vrai que la rivière Rouge charrie une eau complètement opaque.

Ce matin, quand nous sommes arrivés à La Fourche, il faisait soleil, et Jasper McKay a joué de la cornemuse. Sur le ponton de bois, 13 familles étaient venues nous accueillir – les seuls colons qui n'avaient pas été emmenés ailleurs par la Compagnie du Nord-

Ouest. Plusieurs parmi nous avaient de la famille à cet endroit. Il faut dire que beaucoup avaient décidé de partir pour le Nouveau Monde à la demande de membres de leur famille qui y étaient déjà. Aussitôt nos bateaux amarrés, nous avons sauté sur le ponton. Tout le monde parlait en même temps. Nous n'avons pas de parenté ici, mais papa connaît certains de ceux qui sont originaires des Highlands.

C'était la pagaille, tandis que tous se donnaient les dernières nouvelles. Les gens pleuraient et s'interpellaient. J'ai examiné avec attention ce qu'il y avait autour de moi afin de me faire une idée de notre nouveau chez-nous, mais le paysage était exactement le même que celui que nous venions de traverser au cours de notre voyage : des arbres, des arbustes et de la broussaille sur les rives et, plus loin, de l'herbe et encore de la broussaille. Je ne pouvais pas discerner ce qu'il y avait plus loin, alors j'avais hâte de pouvoir aller explorer tout ça. J'allais le proposer à James et Robert quand papa s'est précipité vers nous et nous a dit :

« Nous ne pouvons même pas descendre nos bagages. »

« Mais pourquoi, papa? » ai-je demandé, inquiète de ce qu'il allait dire.

« Parce que les colons n'ont pas eu la chance de reconstruire l'établissement depuis l'attaque. Rien n'est prêt pour nous. Apparemment, il n'y a pas assez de réserves de nourriture pour que nous puissions passer l'hiver ici. Nous devons, semble-t-il, quitter La Fourche sans tarder, avant que le temps froid ne nous empêche de voyager. Nous devons nous rendre plus au sud, dans un endroit appelé Pembina. C'est à environ 100 kilomètres. Miles Macdonell a érigé un fort là-bas, appelé fort Daer, juste pour les colons. Les bisons restent dans les parages durant l'hiver, et nous devrons les suivre dans leurs déplacements si nous voulons avoir quelque chose à manger pendant toute la saison froide. Le groupe qui est ici a dû remonter au nord jusqu'à la rivière Jack, a-t-il ajouté en secouant la tête. Ils sont revenus en août et ils ont commencé à rebâtir ce que les gens de la Compagnie du Nord-Ouest avaient incendié, mais l'hiver les a pris de court, tout comme nous. »

Je n'arrive pas encore à y croire, même si je suis en train de l'écrire dans ces pages. Faire tout ce long et difficile voyage pour apprendre que nous ne sommes pas encore rendus chez nous. Ça nous brise le cœur, d'apprendre que nous devrons passer tout l'hiver ailleurs et que nous ne pourrons revenir qu'au printemps afin d'entamer notre nouvelle vie à La Fourche.

4 novembre

Cher journal,

J'ai volé quelques minutes afin d'écrire. Le groupe ne pouvait pas terminer tous les préparatifs pour aujourd'hui, alors nous partirons demain aux aurores. Notre première nuit passée ici, à La Fourche, ou aux « Jardins de la colonie » comme disent les premiers colons, a été très agréable. Quand j'ai eu fini d'écrire dans tes pages, cher journal, je me suis jointe aux festivités dans la grande salle du fort. Les gens dansaient au son des cornemuses. Les colons d'ici dansent ce qu'ils appellent la gigue de la rivière Rouge. C'est un mélange de vrai *reel* écossais et d'une danse crie. Georges Dunn jouait du violon. L'homme et la femme se font face, sautillant sur la pointe des pieds. Ils avancent et reculent en faisant, avec leurs pieds, des figures que j'avais du mal à suivre, tant ils bougeaient vite; ils continuent jusqu'à ce que l'un des deux soit trop fatigué et qu'il soit remplacé par quelqu'un d'autre.

Les hommes ont trop bu et, plus tard dans la soirée, James a été bien malade. Même papa a semblé sortir un peu de sa coquille; il a dansé avec Robert, ce qui a rendu mon petit frère très heureux.

J'ai rencontré Alice Connor, qui a 13 ans (seulement un an de plus que moi), et elle s'est montrée très gentille. Elle m'a fait remarquer qu'il y a de bien beaux jeunes hommes parmi les gens de notre groupe, en particulier mon frère James.

« Quel âge a-t-il? » m'a-t-elle demandé.

« Quinze ans », ai-je répondu.

Elle a hoché la tête, comme si elle avait déjà décidé qu'il serait son partenaire. Et je ne sais pas trop comment elle s'y est prise, mais elle s'est arrangée pour danser avec lui. J'ai remarqué que Cathy ne dansait pas. À mon avis, c'est parce qu'elle n'a aucune grâce naturelle. Mais je n'avais pas le temps de m'occuper d'elle. Cette soirée était faite pour s'amuser. Nous avons mangé des perdrix qui avaient cuit sous la cendre et qui étaient tendres et savoureuses. Il y avait du pain frais, car une partie du grain a pu être sauvé de l'horrible attaque. Il y avait aussi de la folle avoine, qui a un léger goût de noisette. Nous étions heureux de pouvoir nous remplir l'estomac, sans compter que tout était très bon. Ce matin, nous avons eu du sirop d'érable sur du pain grillé. Le sirop est fait avec de la sève d'érable et c'est merveilleusement bon.

Le thermomètre du fort indiquait 10 degrés au-dessous de zéro quand nous nous sommes réveillés. Je savais que les vêtements que nous avions apportés ne nous protégeraient pas suffisamment durant ce voyage jusqu'à Pembina. J'étais surtout inquiète pour Robert. Il y avait une telle cohue qu'il était pratiquement impossible de trouver qui que ce soit, mais j'ai quand même réussi à trouver Renard véloce, qui nous avait déjà aidés auparavant. J'ai montré ses vêtements du doigt, puis j'ai désigné Robert, et j'ai grelotté, comme si j'avais été Robert qui avait froid. Renard véloce a hoché la tête et a montré l'écharpe de soie que je porte souvent enroulée autour de mon cou. J'ai tout de suite compris ce qu'il voulait dire. Maman, tu me l'avais achetée l'an dernier, quand j'ai eu 12 ans. Je la chérissais plus que tout au monde, mais pas plus que la santé de Robert. Je l'ai donc donnée à Renard véloce, et il est revenu avec un pantalon en peau de chevreuil qui allait parfaitement à Robert. Il m'a aussi donné une petite couverture à lui attacher autour des épaules avec un bout de babiche. Je l'ai remercié et, en retour, il m'a fait son sourire de renard.

Et là, j'ai entendu un bruit affreux, horrible, à vous faire grincer des dents. Je me suis retournée et j'ai vu quelque chose de vraiment bizarre : une grande charrette, plus haute que moi, qui avançait lentement dans ma direction, tirée par un cheval. Et d'autres la suivaient, tirées soit par des colons soit par des bœufs. Ces charrettes avaient deux énormes roues tout en bois. Elles étaient chargées à ras bord.

James est venu me rejoindre.

« Deux de nos malles ont été chargées dans ces charrettes bizarres, a-t-il dit. Ce sont des charrettes de la rivière Rouge, comme disent les gens d'ici. Et regarde comment les pièces sont assemblées : avec des lanières de cuir de bison et des chevilles de bois. C'est parce qu'ils ont dû trouver un moyen de les construire en se passant de clous. Ici, les clous sont si difficiles à trouver que, quand un bateau d'York n'est plus bon pour la navigation, les colons le font brûler pour en récupérer les clous. »

« Qu'est-ce que tu as là? » ai-je alors demandé à James en designant ce qu'il tenait derrière son dos.

« Ah! m'a-t-il répondu avec un sourire, j'ai obtenu ça en faisant du troc », puis, d'un grand geste, il m'a mis sous les yeux un arc et une flèche. « Robert veut en avoir un, lui aussi, et je pense que ce serait une bonne chose. Papa et toi, vous continuez à le couver beaucoup trop. »

Robert a 10 ans maintenant, c'est vrai. Je crois que j'ai été négligente, car je n'ai même pas mentionné son anniversaire, qui était en septembre dernier. Ce devait être un de ces jours où je n'ai pas pu écrire.

« Mais il n'est pas bien fort », ai-je rétorqué.

« Il va falloir qu'il le devienne, a dit James. Ce sera bon pour lui, de pouvoir aller chasser. »

J'ai soupiré, puis je me suis pincé les lèvres et j'ai réfléchi, me demandant ce que tu aurais fait, toi, maman. Peut-être que James a raison et que Robert a besoin de devenir plus fort.

« Regarde, a continué James en me montrant ses pieds. J'ai aussi obtenu ceci en faisant du troc. »

Il portait des mocassins, comme les Indiens.

« C'est beaucoup plus facile de marcher avec ça, et c'est bien plus chaud que nos bottes. »

J'ai jeté un regard à mes vieilles bottes, dont une a la semelle déjà trouée.

« J'aimerais en avoir une paire, et aussi pour Robert et pour papa », ai-je dit.

« Est-ce que tu as quelque chose à donner en échange? » a demandé James.

« J'ai déjà échangé l'écharpe de maman contre un pantalon chaud et une couverture pour Robert, ai-je répondu. Mais j'ai le collier que tu as fabriqué pour moi l'an dernier. »

James voyait bien ma détresse. Je n'avais aucune envie de me défaire de mon collier. Il l'avait fabriqué avec des pierres polies : une vraie merveille! James est très habile de ses mains et il sait fabriquer des bagues, des bracelets et des colliers.

« Ne t'en fais pas, Isabelle, a-t-il dit. Au printemps, je pourrai trouver de très belles pierres au fond de la rivière et je te fabriquerai un collier encore plus beau pour tes 13 ans. Je te le promets. »

Le collier était rangé dans un petit sac d'effets personnels qui n'avait pas encore été chargé, ni dans un bateau ni dans une charrette. Je l'ai pris et j'ai regardé tout autour, espérant trouver quelqu'un qui voudrait me donner quelque chose en échange. Je n'ai pas trouvé Renard véloce, mais j'ai remarqué une jeune Indienne de mon âge ou à peu près. Peut-être voudrait-elle avoir le collier, et même encore plus que Renard véloce. Elle portait une robe en peau de chevreuil ornée de magnifiques broderies de perles de verre sur le devant, une large ceinture et des mocassins qui lui remontaient bien haut sur les mollets. J'ai couru vers elle en criant « hé ho! », et elle a eu l'air de comprendre. J'ai montré ses mocassins du doigt, puis j'ai compté jusqu'à trois sur mes doigts et ensuite je lui ai montré mon collier. Ses yeux brillaient de convoitise. Elle a hoché la tête et m'a fait signe de l'attendre. Elle est revenue, non pas avec des mocassins, mais avec des peaux et des tendons qui, de toute évidence, servaient de fil à coudre. Puis elle s'est mise à faire semblant de marcher, puis de faire de la couture, puis de dormir. Elle voulait probablement me dire qu'elle ferait le voyage avec nous et que, le soir, elle me montrerait comment coudre des mocassins. Elle avait un joli visage, tout rond, avec des yeux noirs et un grand sourire. L'espace d'un instant, j'ai oublié qu'elle était une sauvagesse, car elle avait l'air d'une fille tout comme moi. Je lui ai tendu le collier. Elle l'a pris et m'a donné les peaux et les tendons. Je lui ai souri et l'ai remerciée. Elle a répété mon merci, mais avec un accent tellement drôle que je me suis mise à rire. Alors elle a eu l'air triste, comme si je l'avais blessée dans son orgueil. Je me suis alors rappelé que les sauvages sont comme des enfants, à ce qu'on dit, et qu'on doit les traiter avec gentillesse. J'ai pris un air sérieux et l'ai remerciée de nouveau; elle aussi m'a encore remerciée, avec un grand sourire, cette fois.

J'ai couru chercher James. Il a trouvé que je m'étais bien débrouillée, et j'ai promis que, le lendemain matin, toute la famille aurait des mocassins.

« Maman n'aurait pas fait mieux », m'a-t-il dit.

Les larmes me sont montées aux yeux. Je sais que ce qu'il a dit n'est pas vrai, maman, mais j'essaie de te remplacer du mieux que je peux.

14 novembre

J'écris pour la première fois depuis que nous avons quitté La Fourche. Le voyage a été terrible – 10 jours abrutissants, mais j'ai tenu le coup. Il me faudra probablement quelques jours pour écrire tout ce qui nous est arrivé. Mais au moins, maintenant, je suis assise près d'un feu et mes mains sont assez chaudes pour pouvoir tenir ma plume.

Finalement, notre groupe au complet ainsi que les 13 familles qui n'étaient pas parties avec les autres étaient prêts pour le départ, le matin du deuxième jour. On nous a séparés en deux groupes : ceux qui allaient suivre à pied les charrettes, qui étaient déjà lourdement chargées, et ceux qui allaient monter dans les bateaux. Dans chacun, il y avait un Métis ou un Indien qui servait de guide. Les petits enfants ont été placés dans les bateaux, car ils n'auraient jamais pu marcher si longtemps. Robert en faisait partie, mais moi, j'ai été jugée trop grande et j'ai été obligée de me séparer de lui, ce qui m'a rendue très inquiète. Puis, à la toute dernière minute, j'ai réussi à me trouver une petite place à côté de lui, dans le bateau. Je sais que James dit que je le couve trop, mais il faut bien que quelqu'un s'occupe de lui, et papa n'a pas pu monter dans ce bateau car, bien évidemment, il fallait laisser la place aux parents de très jeunes enfants. À mon grand désespoir, j'ai constaté que Cathy était aussi dans notre bateau.

« Pourquoi est-ce que tu ne marches pas? ai-je demandé en me tournant vers elle. Tu es certainement assez grande pour le faire. »

« Écoutez-moi donc Son Altesse royale! a répondu Cathy. Et toi, pourquoi tu ne vas pas à pied? »

« Je dois m'occuper de mon petit frère », lui ai-je expliqué.

« Et moi, je dois m'occuper de moi », a-t-elle rétorqué.

« Et où est ton père? ai-je demandé encore. Il voudrait sûrement que tu sois avec lui, tu ne crois pas? »

Cathy a aussitôt baissé les yeux; depuis que je la connais, c'est la première fois que je l'ai vue perdre son aplomb.

« Mon père... mon père... s'occupe de lui tout seul, a-t-elle dit en me regardant d'un air de défi. Et je m'occupe de moi toute seule. »

J'étais troublée par sa réponse. Je me suis mise à penser à son père, mais je me suis rendu compte que je ne savais pas grand-chose de lui. Il a l'air d'un homme calme, pour ne pas dire austère, qui ne dérange jamais personne, contrairement à sa fille. Mais en y repensant bien, je me suis rappelé que je ne l'avais jamais vu reprendre Cathy à propos de son comportement. En fait, j'ai rarement vu Cathy et son père ensemble.

C'est alors que Robert a détourné mon attention de Cathy.

« Comment me trouves-tu? a-t-il dit en montrant son nouveau pantalon. Aussi beau qu'un Indien? »

« À mes yeux, tu es le plus beau jeune homme du Nouveau Monde », ai-je répondu en l'embrassant.

J'étais contente qu'il soit enveloppé dans sa couverture, car le vent du nord soufflait de plus en plus fort. La température, au lieu de monter comme elle aurait dû, s'était mise à chuter. Les nuages filaient sur un fond de ciel blafard.

Les hommes ont ramé fort toute la journée, ne s'arrêtant que pour une courte pause-repas à midi. Ce soir-là, nous avons dormi sans papa ni James, car ils étaient avec l'autre groupe et probablement encore loin derrière nous. Afin de réconforter les enfants plus vieux, dont certains n'avaient pas leurs parents avec eux, je les ai invités à venir chanter avec moi autour du feu.

Plus tard

Ce qui suit est une longue histoire. Mais je tiens à la mettre par écrit. Je me vois, un beau jour, en train de lire ces pages aux enfants de Robert, qui se mettraient alors à rire de leur cher papa. Alors voilà.

Le lendemain matin, à notre réveil, nous avons ouvert les yeux sur un terrible spectacle. Durant la nuit, la rivière avait gelé, et les bateaux ne pouvaient plus bouger de là. Il nous faudrait donc aller à pied. Et moi qui avais un trou dans la semelle de ma botte! La plupart des bagages allaient devoir être abandonnés là, car les pères qui avaient ramé devraient maintenant porter leurs enfants dans leurs bras. Robert et moi avions de la chance, car nos bagages se trouvaient dans les charrettes qui nous suivaient, loin derrière, avec ceux qui marchaient. Puis la neige s'est mise à tomber, nous fouettant le visage. J'étais terriblement déçue que la jeune Indienne qui avait promis de m'aider à fabriquer des mocassins soit derrière nous, en train de marcher avec l'autre groupe. J'avais bien les peaux dans mon sac, mais à quoi bon? Mes pieds faisaient mal et je sentais le froid pénétrer par ma semelle trouée. Les semelles des bottes de Robert n'étaient pas percées, mais elles étaient usées et moins confortables pour marcher que des mocassins. Je ne sentais presque plus mes joues, à cause du froid. Ma jupe traînait, s'accrochant sans cesse dans les broussailles ou les ronces. Quand nous nous sommes finalement arrêtés pour la nuit, j'étais transie, même si j'avais pris soin de bien serrer mon châle autour de mes épaules. C'était inefficace contre le vent glacial. J'ai alors compris pourquoi les peaux de chevreuil pouvaient si bien tenir chaud : c'est parce qu'elles coupent le vent.

Nous avons fait chauffer du thé sur le feu, et nos guides ont fait cuire des lièvres et des perdrix, qu'ils avaient abattus avec des flèches. Nous nous sommes installés dans nos tentes pour la nuit et, quand nous nous sommes réveillés le lendemain matin, le sol était couvert de neige. Comme il n'y avait plus de sentier, nous avons suivi nos guides en marchant péniblement dans la neige. Je n'ai pas lâché la main de Robert de toute la journée, de peur qu'il ne s'égare et ne succombe au froid.

Le soir, dans la tente, nous nous sommes blottis les uns contre les autres, enroulés dans des couvertures, y compris Cathy (qui, semble-t-il, en oubliait de me servir ses méchancetés habituelles au fur et à mesure qu'il neigeait et que le froid la gagnait) et plusieurs autres enfants. Je ne sais pas pourquoi, mais quelque chose m'a réveillée au beau milieu de la nuit. Il faisait noir comme dans un four, et je ne voyais rien, mais j'ai tout de suite su que Robert n'était plus là.

« Robert… Robert… » l'ai-je appelé, mais en vain.

Puis j'ai réveillé Cathy en la secouant : « As-tu vu Robert? »

« Non, m'a-t-elle répondu. Je dormais. »

J'ai bien enroulé mon châle autour de mes épaules et je me suis mise à courir dans la nuit. Le feu, qui brûlait encore, éclairait le centre de notre campement, mais Robert n'était pas là.

J'ai couru chercher des hommes qui avaient ramé dans la journée.

« Mon frère Robert est parti, il n'est plus dans notre tente! » ai-je crié.

« Peut-être avait-il simplement besoin de se soulager, petite fille, m'a gentiment dit l'un d'eux. Ne t'inquiète pas. Il va sûrement revenir d'une minute à l'autre. »

Bien sûr, me suis-je dit, ce doit être ça. J'aurais peut-être dû l'attacher à moi avec une corde afin de l'empêcher de s'éloigner tout seul. Mais il a 10 ans, me suis-je dit, et ce n'est plus un petit enfant. Il ne lui est sans doute rien arrivé.

J'avais envie de pleurer, mais je me suis rappelé que maman n'était pas là, ni papa, ni James, et que j'étais responsable de Robert. Je devais me calmer et essayer de le trouver. C'est vrai, me suis-je dit, il est probablement sorti pour se soulager et il ne va pas tarder à revenir. Mais là, je n'ai pas pu m'empêcher d'imaginer qu'il s'était peut-être égaré dans la neige et ne retrouvait plus son chemin. Les nuages masquaient la lune et, dès qu'on s'éloignait du feu, on ne voyait pas plus loin que le bout de son nez.

Puis, cher journal et chère maman, j'ai eu une de mes intuitions. Maman, tu m'as souvent parlé de ta mère et de son sixième sens. Parfois, tu me disais que, d'après toi, j'en avais hérité et, à d'autres moments, tu disais que non, car j'en montrais rarement des signes. Mais de temps en temps, j'avais des intuitions, et tu m'avais enseigné à ne pas les ignorer et à me laisser guider par elles.

J'ai donc eu l'intuition que Robert était allé derrière une tente afin de ne pas s'égarer. Mais une fois là, il ne pourrait plus voir les lueurs du feu. Il pouvait donc facilement se perdre. J'ai dit aux hommes que c'était peut-être le cas, et nous nous sommes précipités derrière notre tente, les hommes tenant à la main des bûches incandescentes en guise de flambeaux.

Nous avions monté nos tentes dans une petite clairière bordée d'arbres. Certains arbustes semblaient moins chargés de neige que d'autres, peut-être à cause du passage de Robert, mais nous ne voyions pas la trace de ses pas. Nous nous sommes mis à marcher péniblement dans la neige. Puis, dans le silence de la nuit et à cause de la neige qui étouffait les bruits, je l'ai entendu pleurer.

« Robert! » me suis-je écriée.

« Isabelle! » a-t-il répondu.

Nous nous sommes laissés guider par sa voix, et quand nous l'avons enfin trouvé, je l'ai serré dans mes bras. Il grelottait de froid. Un des hommes l'a porté jusqu'au campement. Dès que nous sommes retournés sous la tente, je l'ai enveloppé dans des couvertures.

« Je me sens tellement idiot », m'a-t-il chuchoté à l'oreille.

« Ce n'est pas grave, mon chéri, lui ai-je dit pour le rassurer. Tu ne savais plus comment revenir. Maintenant, tu vas dormir. Une longue journée nous attend, demain. »

15 novembre

Bon, je continue mon récit. Je n'ai pas pu écrire davantage, hier soir, car j'étais épuisée.

Le lendemain de la mésaventure de Robert, le soleil brillait, faisant scintiller la neige. C'était si beau qu'on se serait cru au pays des merveilles. Mais, malgré le soleil, la température est tombée, et nous avons compris que nos vêtements étaient tout à fait insuffisants. J'ai surveillé Robert étroitement, ne le perdant pas de vue une seule seconde.

Un jeune garçon, nommé Peter, s'était lié d'amitié avec Robert et il a marché avec nous. Il est de l'une de ces 13 familles qui sont restées ici après l'incendie. On ne peut pas dire qu'il soit timide! Il nous a raconté une partie de son histoire, tandis que nous marchions.

« Nous sommes venus à bord du *Prince of Wales*, a-t-il dit de sa drôle de voix haut perchée. La traversée a été très dure. Pas la vôtre? nous a-t-il demandé, mais sans attendre notre réponse. Puis les fièvres nous ont frappés. C'était le typhus. Je suis probablement un des rares à ne pas l'avoir attrapé. Tout le monde a été malade, je crois. Ma mère a failli en mourir et ma petite sœur aussi, mais nous avons eu de la chance, contrairement à d'autres. Ma tante Marie y a succombé; on l'a jetée par-dessus bord et son corps s'est enfoncé dans les profondeurs de l'océan. »

« Ma mère est morte, elle aussi, mais on l'a enterrée. Je n'aurais pas aimé qu'on la donne à manger aux poissons », a dit Robert d'un air horrifié.

« Trois ou quatre autres personnes sont mortes et elles ont toutes été jetées à la mer, a continué Peter. C'était affreux à voir. Quand nous sommes arrivés en vue du fort Churchill, le capitaine avait si peur de la maladie et il avait tellement hâte de nous faire descendre de son navire qu'il n'a pas voulu nous emmener jusqu'à York Factory. Nous avons donc été abandonnés sur les rochers du rivage, sans nourriture ni abri. »

« Il vous a abandonnés, comme ça? l'ai-je interrompu. Il mériterait qu'on le mette aux fers! »

« C'est ce que je pense, moi aussi », a répondu Peter.

Cathy nous avait rejoints et elle s'est alors glissée dans la conversation.

« Ah! mais écoutez-moi donc ce garçon se plaindre », a-t-elle dit.

« Il ne fait que raconter ce qui s'est passé, ai-je rétorqué. Tu ne peux pas dire qu'il se plaint, quand on sait ce qu'ils ont enduré. »

Peter a continué en nous racontant qu'ils ont dû passer l'hiver là où on les avait laissés et qu'au printemps, ils ont été obligés de marcher jusqu'à York Factory. Finalement, en juin de l'année dernière, ils sont arrivés à La Fourche où ils ont construit le fort Douglas. Ils y ont hiverné, mais un certain Duncan Cameron, de la Compagnie du Nord-Ouest, a convaincu plusieurs colons d'aller s'installer au Haut-Canada. Toutefois, il n'y a pas eu que ses beaux discours pour convaincre les colons de partir. Au même moment, leurs récoltes ont été incendiées, de même que leurs maisons, et les gens ont été menacés. Malgré tout, la famille de Peter a refusé de suivre les autres. J'avoue que je les admire beaucoup.

J'étais heureuse que Robert se soit fait un ami. Ils ont continué de parler tandis que nous marchions, et je suis certaine qu'ils n'ont pas vu le temps passer et qu'ils ont même oublié d'avoir froid, tant ils étaient absorbés par leur discussion.

Les jours se suivaient, tous pareils, tandis que nous avancions péniblement dans la neige. Un jour, il y a eu un redoux. Nous avons d'abord cru que ça nous donnerait un peu de répit, mais la neige fondue a gelé, et il est devenu très dangereux de mettre un pied devant l'autre. Puis la neige a recommencé à tomber. J'ai remarqué que la peau du visage de Robert était toute rouge et gercée. Nous avions tous l'air d'avoir été brûlés par le soleil, mais c'était la neige qui nous avait brûlé la peau.

Il y avait peu à manger, et les enfants étaient épuisés par notre longue et pénible marche dans le froid. Nous sommes enfin arrivés ici, à Pembina, et au fort, qui s'appelle Daer. Ce n'est qu'un groupe de cabanes, rien de plus, mais à nos yeux, c'est le paradis. Les autres familles n'étaient pas encore arrivées, alors nous nous sommes installées dans différentes cabanes, où nous nous sommes empressés d'allumer un feu et de faire du thé. Chaque cabane ne comprend qu'une seule pièce, mais au moins nous y sommes au chaud et au sec.

Les hommes ont fait du *roubabou* pour tout le monde. J'ai fait cuire du pain indien, puis j'ai installé tous les petits sous des peaux de bison et des couvertures. Et ceci nous amène au moment présent, alors que nous attendons que le reste de nos familles vienne enfin nous rejoindre.

16 novembre

Papa et James étaient très heureux de nous revoir, Robert et moi. Papa s'est aussitôt mis à chercher un endroit pour nous tout seuls, mais il n'y avait pas assez de cabanes. Déjà, une partie de notre groupe avait dû s'installer dans des remises. Alors papa et les autres hommes vont devoir construire d'autres cabanes pour tout le monde et, même là, il faudra partager la nôtre. Aujourd'hui, ils ont abattu des arbres.

17 novembre

Les cabanes ont été construites aujourd'hui, avec des rondins et de l'argile pour boucher les fentes. Le sol est en terre battue. Les hommes n'ont pas eu le temps d'en faire davantage.

Je ne sais pas par quel miracle, mais Cathy et son père se sont retrouvés avec nous. C'est dans notre petite cabane toute neuve que je t'écris en ce moment, cher journal. Si Cathy me déteste tant que ça, alors pourquoi est-elle tout le temps en train de me tourner autour? J'ai essayé de dire à papa que nous ferions mieux de nous installer avec une autre famille, mais il n'a rien voulu entendre car, a-t-il dit, nous avons de la chance de partager notre espace avec deux personnes seulement et non avec une famille de cinq.

19 novembre

La neige a encore fondu, et les Indiens des alentours vont aller chasser le bison. Papa dit que ce sont des Indiens cris et que ceux que nous avons rencontrés à La Fourche étaient des Saulteaux. Mais, à La Fourche, il y avait aussi des Cris et des Ojibwés. Au dire des colons qui sont ici depuis un certain temps, ils sont tous très amicaux et très serviables.

Le soir

Je suis tout excitée! Je pensais que je ne verrais rien de la chasse, mais, en réalité, je vais pouvoir assister à presque toutes les étapes. Les Indiens ont leur campement très près de notre petit fort, et c'est ici qu'ils ont construit ce qu'ils appellent un enclos. Le sorcier, qui est à la fois docteur et guide spirituel (un peu comme nos aînés, je crois), a choisi l'emplacement. Tout le monde l'a suivi, colons et Indiens sans distinction, tandis qu'il s'acquittait de sa tâche. Il s'est arrêté devant un bosquet de 10 à 15 mètres de diamètre et il a indiqué que c'était l'endroit choisi. Aussitôt, les jeunes hommes de la bande se sont mis à tout défricher. Ils ont coupé les arbres et les broussailles et ont empilé le tout pour former un mur de deux à trois mètres de hauteur. Deux grands arbres sont restés plantés à l'entrée de l'enclos, et un rondin a été fixé entre les deux, à la même hauteur que le mur. Il leur a fallu presque toute la journée, aidés par la plupart de nos jeunes (dans l'espoir que les Indiens partagent ensuite le produit de leur chasse avec nous). J'ai bien failli attacher Robert, car il est trop petit pour manier des lames aussi tranchantes, mais il a trouvé le moyen de m'échapper et il est allé aider les jeunes Indiens à transporter les broussailles au fur et à mesure qu'elles étaient coupées.

20 novembre

Aujourd'hui, ils ont construit une sorte de couloir. Les jeunes ont encore coupé des arbres et des broussailles. Ils en ont fait des paquets, qu'ils ont empilés pour former deux murs, à une distance d'environ 10 mètres l'un de l'autre et d'une hauteur d'un mètre et demi. Le couloir fait au moins un kilomètre et demi de long; du moins c'est ce que James m'a dit, car il a participé à sa construction. Plus près de l'enclos, le couloir forme un coude, de sorte que les bisons ne peuvent pas voir qu'ils courent vers un cul-de-sac. Les bisons doivent être très intelligents, sinon ils ne remarqueraient pas ces choses-là.

À la tombée de la nuit, le sorcier a exécuté une cérémonie dans sa tente. Je pouvais l'entendre qui chantait, mais je ne sais pas en quoi consistait exactement son rituel : une prière pour la chasse, sans doute. Mais si ces sauvages ne prient pas notre Dieu, qui est-ce qu'ils prient? Je vais tenter d'éclaircir ce mystère.

21 novembre

James m'a dit que les bisons allaient bientôt arriver et que nous allions pouvoir les voir se faire abattre dans l'enclos. Apparemment, les jeunes sont partis à cheval, à la recherche du troupeau. Ils vont frapper le sol avec leurs couvertures de selle. Ça fait beaucoup de bruit et les bisons, effrayés, se mettront à bouger. James dit que les jeunes cavaliers indiens contrôlent les mouvements des bisons. Si le troupeau prend la mauvaise direction, les Indiens font tourner leurs chevaux face au troupeau. Les bisons se dirigent alors vers les chasseurs afin de leur couper le passage. Ces derniers, sachant exactement ce que les bisons vont faire, utilisent cette tactique afin de s'assurer que les animaux vont dans la bonne direction. Encore une fois, je trouve que les bisons sont vraiment intelligents. Nos moutons des Highlands se sauveraient si un cheval fonçait sur eux! Une fois que les bisons seront entrés dans le couloir, les chasseurs feront de grands gestes afin de les effrayer et de les obliger à avancer. Et, lorsqu'ils arriveront dans l'enclos, ils se feront abattre.

22 novembre

Maintenant que Cathy habite dans la même cabane que nous, j'ai pour responsabilité de m'assurer qu'elle fait sa part des tâches ménagères. L'eau doit être puisée à la rivière. Les vêtements ont grandement besoin d'être nettoyés et reprisés, après ce long voyage. Et, bien sûr, nous devons faire à manger.

Ma nouvelle amie, Alice, m'a donné ma première leçon de cuisine adaptée à ce nouveau pays. Les hommes ont réussi à tuer des chevreuils. Alors, je suis allée dans sa cabane afin de voir comment elle fait le haggis.

« Ce n'est pas très différent de la façon dont on le fait chez nous, m'a-t-elle dit. Simplement, ici, nous prenons du chevreuil au lieu du mouton. »

Alice, sa mère et sa grande sœur, Betty, se sont mises à préparer le haggis tandis que je les observais. L'estomac du chevreuil était déjà préparé. Elles ont mis dedans le cœur et les poumons du chevreuil, les lambeaux de gras qui avaient été prélevés des différents organes, du gruau et un bol de sang qu'elles avaient recueilli de la carcasse. Puis elles m'ont tendu un couteau et, ensemble, nous avons émincé toute la viande ne présentant pas de gras. Finalement, quand l'estomac a été bien rempli et recousu, il a été suspendu bien haut au-dessus du feu. Mme Connor a ensuite invité notre famille ainsi que Cathy et son père à venir manger avec eux. C'était extraordinairement délicieux, et il y avait presque une atmosphère de fête dans la petite cabane. Alice s'est arrangée pour que James remarque qu'elle est bonne cuisinière. Cathy avait l'air tellement reconnaissante de ce bon repas qu'elle a réussi à se tenir tranquille presque tout le temps.

Je n'arrive pas à partager l'intérêt d'Alice pour les jeunes gens. Après tout, les seuls jeunes qu'il y a ici sont pauvres et n'ont aucune instruction. Grâce à notre chère maman, James a trois fois plus d'instruction que tous les autres jeunes hommes. Non, je dois attendre de trouver mieux.

Je veux coudre les mocassins, mais la jeune Indienne doit être trop occupée à se préparer pour la chasse. Chaque fois que je lui montre par signes que je veux coudre, elle me fait signe que non.

24 novembre

C'est difficile de décrire ce que je viens de voir. Comment, dans ces pages, puis-je rendre justice à ces magnifiques bêtes et à leurs nobles chasseurs? Chère maman, c'est un spectacle qui t'aurait beaucoup plu! Vers midi, j'étais en train de raccommoder une chemise de papa, assise au coin du feu afin d'avoir un bon éclairage. Cathy, que je surveillais de près, reprisait des bas en grommelant sans cesse que c'était ennuyant et qu'elle devrait plutôt être dehors à chasser le bison. Franchement, j'aurais été très heureuse qu'elle décide de le faire. Soudain, nous avons entendu un martèlement et des grondements, et le sol s'est mis à vibrer sous nos pieds. Nous avons lâché notre ouvrage et attrapé nos châles, et, avec le reste des colons, nous nous sommes précipitées vers l'enclos.

Je n'avais jamais vu de bison de ma vie et, même si on m'avait dit que c'était très gros, je n'aurais jamais pu imaginer une bête aussi forte, aussi puissante et aussi dangereuse. Pourtant, les jeunes hommes ne semblaient pas en avoir peur, tandis qu'ils les dirigeaient vers l'enclos. Bien en selle et leurs arcs bandés, ils sont restés à côté des bisons jusqu'à l'intérieur. Puis ils ont tiré sur les bêtes, et elles sont toutes tombées, les unes après les autres. Je crois que j'ai retenu mon souffle pendant tout ce temps-là, et j'ai failli m'évanouir d'excitation.

Le sorcier a entamé un chant tout en en agitant son

hochet de cérémonie. Les femmes sont aussitôt arrivées et se sont mises à éventrer les bisons. Un homme est passé d'une bête à l'autre, en pleurant et en gémissant; il les a éviscérées et a ensuite distribué les organes aux gens. Des petits garçons, qui s'étaient précipités dans l'enclos, se sont emparés des intestins et les ont lancés sur les branches d'un arbre qui avait été laissé au centre. Ce faisant, ils imitaient le croassement du corbeau. Puis les petites filles du village sont allées à la cabane du sorcier pour y porter du bois. Ensuite, l'homme qui pleurait a donné à chaque petite fille un morceau de gras prélevé d'un cœur de bison et à chaque petit garçon un morceau de langue.

Puis les femmes se sont mises au travail à une vitesse étonnante. Elles ont écorché les bisons et ont suspendu les peaux à des branches d'arbres. Puis elles ont commencé à racler les peaux. Elles ont fait signe aux femmes de notre groupe de colons, qui les regardaient faire, de venir les aider, et c'est ce que nous avons fait. On m'a donné un petit couteau bien affûté, qui a probablement été obtenu par troc, en échange de fourrures. Je devais retenir ma respiration à cause de la forte odeur que dégageaient le sang et les boyaux. J'ai raclé les peaux du mieux que j'ai pu.

« Ne tombe pas dans les pommes, Petite Princesse, m'a lancé Cathy. Regarde-toi, tu es toute verte! » a-t-elle ajouté en riant, tout en continuant son travail.

Je n'allais pas lui donner l'occasion de me voir flancher, alors j'ai serré les dents et j'ai travaillé fort tout l'après-midi. Nous avons terminé juste avant que le soleil se couche; les Indiennes ont pris les peaux et les ont étendues par terre en les fixant avec des piquets.

Je devrais bien dormir cette nuit. Je ne me suis jamais sentie aussi fatiguée, même pendant notre longue et pénible marche.

29 novembre

J'étais tellement fatiguée tous les soirs que j'ai renoncé à écrire dans tes pages. Le plus difficile à expliquer, c'est combien tout est étrange et différent, ici. Quand nous vivions en Écosse, je rêvais d'une vie meilleure. Pourtant, dans notre vie d'alors, tout était familier et sans danger. Le matin, nous faisions nos tâches. Les garçons aidaient papa aux champs, et moi j'aidais maman à faire le ménage, à repriser et, bien sûr, à cuisiner les gros repas dont les hommes avaient besoin pour avoir la force d'effectuer leurs travaux.

J'essaie d'organiser un peu notre quotidien ici, car je suis sûre que c'est ce que maman aurait voulu. Papa dit que je ne suis encore qu'une enfant et que je devrais plutôt aller jouer dehors. Jouer! À quoi pense-t-il donc? C'est à moi qu'il revient de m'assurer que notre cabane reste propre, que les vêtements sont raccommodés, qu'il y a de quoi manger et que Robert est bien surveillé. Et je dois aussi m'occuper de l'éducation de mon petit frère. Je suis certaine que maman voudrait qu'il continue d'étudier, tout comme je suis sûre qu'elle voudrait que je m'emploie à améliorer toutes les choses qui étaient importantes à ses yeux. Au moins, lorsque j'écris ces pages, j'ai l'occasion de travailler ma calligraphie et ma composition de textes. Il n'y a pas d'autres livres que la Bible ici, et c'est une dure épreuve pour moi, et pour James aussi, car il adore la lecture. Dans notre pays, chaque fois que papa se rendait en ville (et il le faisait rarement), il nous achetait des livres usagés et, tous les soirs, à tour de rôle, nous nous faisions la lecture à haute voix. J'ai l'impression que ça ne se faisait pas beaucoup dans les autres familles de pauvres métayers comme la nôtre, mais maman ne voulait pas que nous oubliions ses nobles origines. Mes livres préférés étaient les recueils de poésie.

J'ai entrepris de lire la Bible à haute voix le soir, afin de perpétuer nos anciennes habitudes. Le père de Cathy est un homme grognon qui ne parle pratiquement jamais. Il reste assis, immobile, tandis que je lis, mais je pense qu'il n'écoute pas, qu'il ne me prête aucune attention. Cathy, à ma grande surprise, a l'air d'aimer m'entendre lire, mais elle ne l'avouera jamais.

Papa dit qu'il pourrait y avoir des problèmes d'approvisionnement, cet hiver. Il fait maintenant très froid, et je vois bien qu'il s'inquiète pour notre survie. Avcc maman qui n'est plus là pour nous communiquer son optimisme et son courage, il a de la difficulté à ne pas remettre en question sa décision de nous avoir emmenés ici.

30 novembre

Il s'est produit quelque chose d'étrange, à mon réveil ce matin. Quand j'ai retiré ma longue chemise de nuit de finette, de petites étincelles blanches en ont jailli de partout. J'ai crié de surprise. Cathy, qui partage une toile cirée avec moi, s'en est aperçue et a ri de mon effroi; mais quand je l'ai mise au défi de m'expliquer la cause de cet étrange phénomène, elle ne trouvait rien à répondre.

« Ce sont peut-être des petits fantômes », lui ai-je dit, presque certaine que c'était faux, mais ne pouvant résister au plaisir de lui faire peur.

Elle est devenue toute pâle, puis elle s'est reprise.

« Jamais de la vie. Les fantômes sont gros et blancs », a-t-elle rétorqué.

« Peut-être pas dans le Nouveau Monde », ai-je répliqué, d'une voix sombre et menaçante.

Je n'ai jamais vu Cathy, ni personne d'autre d'ailleurs, s'habiller et se précipiter dehors à une telle vitesse. J'imagine qu'elle voulait aller se mettre à l'abri des petits fantômes. Mais je me demande bien ce qui a pu causer cet étrange phénomène.

10 décembre

Papa dit que nous devrons peut-être quitter le fort Daer et suivre les Indiens, si nous voulons survivre cet hiver. Les Indiens s'en vont loin vers le sud, à la poursuite des bisons. Et ils vont partager le produit de leurs chasses si nous les aidons comme nous l'avons fait la dernière fois.

La petite cabane où nous habitons en ce moment est froide. Le vent pénètre par les fentes entre les rondins, qui sont mal bouchées avec l'argile. Mais au moins, c'est un abri. Si nous partons avec les Indiens, où allons-nous habiter? Et même s'il nous reste une partie de la viande que les Indiens ont partagée avec nous à la dernière chasse, ce ne sera pas suffisant pour tout l'hiver.

Papa est scandalisé par ce manque de planification de la part de la Compagnie de la Baie d'Hudson. Comment pensaient-ils que nous allions pouvoir survivre? Selon les bruits qui courent parmi les colons, la Compagnie n'aurait jamais eu l'intention de nous aider et ses dirigeants regretteraient d'avoir cédé des terres à Lord Selkirk. Ils espèrent peut-être que nous allons mourir de faim!

Aujourd'hui, j'ai rencontré la jeune Indienne qui avait promis de m'aider à coudre des mocassins. Et finalement, cet après-midi, elle est venue s'asseoir avec moi et, en échange d'une vraie aiguille en remplacement du bout d'os qu'elle utilise normalement, elle m'a montré comment faire les mocassins. J'ai utilisé les peaux que j'avais obtenues par troc et, maintenant, j'ai des mocassins pour toute la famille.

La jeune Indienne s'appelle Outarde blanche; je trouve que c'est un très joli nom.

12 décembre

Outarde blanche m'a enseigné quelques mots de cri, et je lui ai enseigné quelques mots d'anglais. Je pense qu'elle est plus âgée que je ne l'avais d'abord cru. Elle pourrait avoir 20 ans. Elle a le visage si doux et si joli qu'elle n'a pas l'air plus vieille que moi, mais je me rends compte maintenant qu'elle est déjà une femme accomplie. C'est une personne paisible et enjouée. J'en suis surprise car, comme c'est une sauvagesse, je m'attendais à ce qu'elle ait les manières grossières des barbares.

15 décembre

Alice m'a raconté que les Indiens ont été très gentils avec les colons, depuis leur arrivée. Elle vient passer du temps avec Outarde blanche et moi, et elle en profite pour essayer d'apprendre un peu leur langue. Cathy reste loin à l'écart, et quand nous sommes de retour dans notre cabane, elle n'arrête pas de nous critiquer parce que nous fréquentons des sauvages. En secret, je me demande parfois si elle n'a pas raison. Peut-être que ce ne sont pas de bonnes fréquentations. Peut-être qu'un beau jour, Outarde blanche va me faire du mal, si je dis ou fais une chose qui l'insulte.

17 décembre

Ce sera bientôt le Nouvel An. Nous aurons de la chance, si nous avons de quoi manger. Et qu'est-ce que je pourrais bien offrir comme étrennes à ma famille?

18 décembre

J'écris chaque jour de moins en moins longtemps dans tes pages. C'est parce qu'il fait affreusement froid, au point où j'arrive à peine à tenir ma plume. Nous allons bientôt préparer nos bagages, seulement des vêtements chauds. Et nous suivrons les Indiens. Cher journal, je ne sais pas si je vais être capable d'écrire bien souvent.

À ce qu'il paraît, tous les colons qui partiront avec les Indiens travailleront pour eux, un peu comme des esclaves, afin d'avoir droit à leur part de chasse et d'obtenir ainsi de quoi manger. Papa croit que nous ne devrions pas subir une telle humiliation, mais il croit aussi que ce serait déraisonnable de nous draper dans notre orgueil et, par conséquent, de mourir de faim à Pembina. Est-ce que j'ai déjà dit que « pembina » est le mot que les Indiens donnent aux petits fruits qu'ils ajoutent au pemmican pour lui donner du goût?

Je parie que les tentes ne seront pas éclairées, le soir, et que durant la journée, ce sera difficile d'écrire dehors, car ma main va geler. Je crois que, si on ne porte pas de gants, la peau peut vraiment geler.

27 décembre

Papa a retrouvé son humeur maussade, à l'approche de son premier Nouvel An sans maman. Moi aussi, je me sens désespérée. James a été parti toute la journée, à la chasse. Robert s'est battu avec Peter. Je crois que c'est parce qu'il était en colère, mais sans savoir pourquoi. Je ne supporte pas de me rappeler les joyeux temps des fêtes que nous avons toujours connus et de les comparer à notre situation actuelle.

J'ai fabriqué des mitaines pour Robert, avec la fourrure d'un lièvre que James a réussi à abattre avec une flèche. James et moi avons fabriqué un porte-bonheur à offrir à papa : une patte de lièvre attachée à une cordelette. Et pour James, j'ai reprisé chacune de ses chemises. Je l'aurais fait de toute façon, mais je vais les lui offrir en cadeau, car je n'ai rien de mieux pour lui.

2 janvier 1816

La fête de Hogmanay s'est passée beaucoup mieux que je ne l'aurais pensé. Papa m'a offert de l'encre, qu'il avait achetée au magasin du fort. James m'a fabriqué un magnifique petit collier qu'il a taillé dans du bois avec son couteau et qui s'attache avec un bout de tendon. Et Robert m'a fait un gros câlin.

Les colons ont fait la fête tous ensemble, d'abord en priant, puis en se régalant de quatre chevreuils que les hommes ont réussi à abattre, ces derniers jours.

Jasper McKay a joué de la cornemuse et tout le monde a chanté des chansons du bon vieux temps.

Nous allons bientôt partir d'ici, à la suite des Indiens qui s'en vont plus au sud. Les Indiens suivent les bisons, et nous, nous suivons les Indiens.

8 janvier

Je ne peux écrire que lorsque le soleil brille et qu'il n'y a pas un souffle de vent. Je peux alors ouvrir le panneau de la tente et rester assise près du feu; mes mains sont assez chaudes et l'encre ne se fige pas!

Notre voyage vers le sud a été une réplique de notre marche depuis La Fourche jusqu'à Pembina. Nous n'étions pas suffisamment vêtus pour la température qu'il faisait. Tout ce que j'avais, c'était mon châle écossais qui m'entourait les épaules, ma robe la plus chaude et mes bas de laine, mais ce n'était pas assez pour me protéger du froid. Par moments, j'avais tellement froid que j'avais envie de pleurer. Dieu merci, Robert était mieux protégé que moi.

Quand nous sommes arrivés à notre premier campement, situé plus près du troupeau de bisons, nous avons monté une petite tente que papa avait achetée avant notre départ. La famille d'Outarde blanche nous a proposé de la planter à côté de la leur. Ils nous ont adoptés et nous traitent un peu comme des enfants pauvres qui auraient besoin d'aide.

La famille d'Outarde blanche se compose d'une grand-mère et d'un grand-père, de la mère et du père, de trois frères et d'une petite sœur à peu près de l'âge de Robert. Les rôles des membres de notre famille sont devenus très clairs dès le premier jour où les femmes de la famille d'Outarde blanche ont monté leur grand tipi. Papa et James ont accompagné le père d'Outarde et ses frères à la chasse. Comme nous nous trouvons dans la prairie, ils ne chassent pas les bisons de la même manière qu'à Pembina : ils galopent à côté des bisons et les abattent à coups de fusil. Ou encore, ils essaient de les rabattre vers des bancs de neige, qui ralentissent leur course, et où il est plus facile de les atteindre avec des flèches. Papa, James et les autres colons ont dû ramener les bisons morts en les traînant, jusqu'au camp. Il leur a fallu plus de deux jours d'un travail éreintant.

Entre-temps, les femmes ont aidé à faire la cuisine. On nous a envoyées, Cathy, Alice et moi, à la recherche de touffes d'herbages et « de bois de vache » (c'est ainsi qu'on appelle la bouse de bison séchée, ici), qui serviront à faire du feu. Nous allons aussi chercher de l'eau à la rivière, et nous devons porter les outres, qui sont très lourdes lorsqu'elles sont pleines. Quand les hommes sont revenus avec le bison, on leur a demandé d'aller couper du bois et de le rapporter.

18 janvier

Je n'arrive pas à croire à quel point nous nous sommes éloignés de mes rêves. Nous étions censés commencer une nouvelle vie où j'aurais été comme une vraie demoiselle. Au lieu de cela, je ne suis rien de plus que la servante de sauvages. Mais j'essaie toujours de préserver ma dignité en ne leur montrant pas que je suis blessée dans mon orgueil.

21 janvier

Outarde blanche me semble étonnamment sensible à mes états d'âme et, depuis le début, elle veille à adoucir les effets que les ordres de sa mère ont sur moi. Elle saisit toujours la moindre occasion de parler avec moi et d'apprendre notre langue, et elle m'encourage à faire de même avec la sienne.

25 janvier

Je dois te dire, cher journal, que quelque chose a changé aujourd'hui. J'espère, maman, que tu ne me désapprouveras pas trop, mais j'ai bien peur que tu ne le fasse. Tu voulais toujours que je me conduise comme une vraie demoiselle et, pour toi, c'était plus important que tout. Pour moi aussi. Mais maintenant, je n'en suis plus si sûre. À vrai dire, je me sens plutôt confuse. Je repense à l'imprudence que j'ai commise sur la banquise, la fois où je ne me suis pas du tout comportée comme une demoiselle; je me demande si ce n'est pas à ce moment-là que j'ai commencé à glisser sur cette pente douteuse. Mais venons-en aux faits.

Les hommes venaient de terminer une bonne chasse, et les femmes avaient fini leur travail sur la carcasse du bison. La bande a alors décidé qu'il était temps de passer aux divertissements. Le jour s'était levé sur un fond de ciel calme et serein. Durant la nuit, le sol s'était couvert d'une couche de neige fraîche qui scintillait de mille feux sous les rayons du soleil. Le ciel était bleu et sans un seul nuage. Il n'y avait pas un souffle de vent et, malgré le froid intense, on nous a dit qu'il était possible de rester dehors tant qu'il n'y avait pas de vent. Outarde blanche a surgi dans notre tente, les yeux brillants et les joues déjà rouges d'avoir été dehors. Elle m'a prise par la main et elle a dit : « Toi venir. Jouer. »

J'étais si surprise que je n'ai pas protesté et que je suis partie avec elle. J'ai vu que Cathy, Alice et les autres filles s'étaient déjà jointes aux femmes qui s'étaient toutes attroupées à un bout du campement. Elles se dirigeaient vers le centre, en bavardant et en riant. Outarde blanche a couru vers elles, a ramassé quelque chose et est revenue vers moi. Elle tenait deux balles faites de peau de chevreuil et reliées entre elles par un bout de babiche. Elle m'a amenée vers le groupe et a ramassé un bâton qui était par terre. Il mesurait environ un mètre et était recourbé à un bout. Elle a accroché la babiche à cette sorte de canne, qu'elle a ensuite soulevée dans les airs afin de me montrer que les balles pendaient de chaque côté. Puis elle a projeté les balles devant elle. Ensuite, elle a montré ses mains en disant « Non! », puis ses pieds, en disant encore « Non! » Puis elle m'a fait signe de venir me joindre à son équipe. J'ai remarqué que Cathy était déjà avec l'autre équipe.

Une des femmes a lâché un petit cri, et la joute a commencé. De toute évidence, nous devions faire bouger les balles, mais je n'avais aucune idée de l'endroit où pouvait se trouver le but. Les membres de notre équipe ont commencé à se passer les balles d'une canne à l'autre; et l'autre équipe essayait de nous les enlever avec ses propres cannes.

Soudain, Outarde blanche a projeté les balles, qui sont venues s'accrocher à ma canne. J'étais très énervée, car je ne savais pas quoi faire; mais je devais faire quelque chose, alors j'ai foncé devant moi. Je ne savais pas où j'allais comme ça, mais j'étais bien décidée à ne pas laisser les autres reprendre les balles. Cathy m'a rattrapée, s'est plantée devant moi et s'est attaquée à ma canne avec la sienne. Elle utilisait aussi ses pieds, même si c'était clairement interdit. Finalement, elle a réussi à s'emparer des balles, et ses co-équipières se sont mises à se les passer de l'une à l'autre jusqu'à ce qu'elles aient atteint le tipi qui se trouve à l'autre bout du campement. C'était de nouveau au tour de notre équipe, et nos femmes se sont mises à se passer les balles. Elles s'interpellaient et se moquaient de l'autre équipe. Puis elles ont pris de la vitesse, courant plus vite et lançant plus fort.

Avec les balles accrochées à sa canne, Outarde blanche a couru jusqu'au tipi planté à l'autre bout du campement et, à l'entendre crier victoire, j'ai compris que nous venions de marquer un point.

Cathy avait de nouveau les balles. Je l'ai regardée et j'ai décidé qu'elle ne les garderait pas longtemps. Juste au moment où elle soulevait sa canne pour les lancer, je les ai attrapées avec la mienne, je me suis retournée et je les ai lancées à Tendre feuille (la mère d'Outarde blanche), qui a couru jusqu'au tipi, marquant un deuxième point. J'ai crié victoire avec toutes les autres, puis je me suis jetée dans la bataille avec autant d'ardeur que si ça avait été une vraie guerre. Le temps a passé tellement vite que, lorsque le ciel s'est obscurci, je me suis rendu compte que nous avions passé tout l'après-midi à jouer. Je ne me rappelais pas avoir éprouvé un tel bien-être, à sentir mon cœur battre à tout rompre et mon sang palpiter dans mes veines.

Ce n'était certainement pas digne d'une vraie demoiselle. J'aurais dû plutôt rester assise sous la tente, à coudre et à raccommoder.

5 février

J'ai arrêté d'écrire; comme les journées ont été claires et qu'il n'y a pas eu de vent, j'en ai profité pour jouer. Je suis maintenant reconnue par les Indiennes comme étant la joueuse la plus farouche et la plus redoutable parmi les colons, et même plus que Cathy, qui a essayé de m'égaler, mais qui en a été incapable. Même papa, James et Robert s'en sont aperçus, tandis qu'ils assistaient à certaines de nos parties. Papa avait l'air heureux de me voir m'amuser et il ne semblait pas remarquer mon comportement, qui ne respectait pas les convenances. Robert était très fier de moi.

9 février

Il s'avère que James et Robert sont de très bons joueurs, eux aussi. Les garçons jouent à un jeu semblable au nôtre, sauf qu'ils n'ont qu'une seule balle, au lieu de deux. James est très habile à faire glisser la balle sur le sol avec sa canne, car c'est ce que les hommes font, plutôt que de la lancer en l'air. Mais il n'est pas aussi acharné que moi et se fait souvent prendre la balle. Personne ne peut me prendre les balles, à moi!

Robert est devenu expert à un jeu de glissade. Une piste glacée, d'environ un mètre et demi de long, est fabriquée à la surface de la neige. Au bout de la piste, il y a une douzaine de petits trous. Des pointes de cornes de bison sont polies pour en faire de petites pierres lisses; puis les petits garçons font rouler ces pierres sur la piste glacée et marquent des points quand elles tombent dans un des trous. Robert est patient et très concentré sur son jeu. Peter et lui jouent souvent ensemble et ils forment toute une équipe, maintenant. Nous avons tous du talent pour les jeux dans la famille, semble-t-il.

12 février

Je sais que je ne devrais pas m'amuser autant, et j'ai bien peur d'être en train de devenir une sauvagesse plutôt que d'aider les sauvages à ne plus en être, mais je n'y peux rien. J'adore l'attention que les Indiennes me prêtent et j'adore leurs compliments. Et je m'arrange pour oublier maman et ses enseignements. À certains moments, il ne s'agit que de petits plaisirs, mais, à d'autres, je sais, au fond de mon cœur, que ce que je fais n'est pas bien.

Cathy s'est remise à me tourmenter.

« Est-ce que ton comportement est digne d'une vraie demoiselle? me lance-t-elle d'un ton railleur. Non mais, regardez donc ce qu'est devenue mademoiselle Bien-élevée! »

Heureusement que nous n'habitons pas dans la même tente, mais je la vois quand même tout le temps, car elle me rôde toujours autour. Il n'y a pas moyen de s'en débarrasser.

19 février

Il a trop venté pour que je puisse écrire. J'ai un moment maintenant, en ce premier jour ensoleillé depuis longtemps, mais seulement un petit moment. Je dois accomplir mes tâches. Mais je veux quand même raconter ce que nous avons fait pour passer nos soirées.

Les Indiens ne lisent pas de livres comme nous, mais ils racontent des histoires autour du feu de camp, le soir, et maintenant, au bout d'environ un mois, je m'aperçois que je peux en comprendre des petits bouts. Il s'agit souvent d'histoires d'animaux. Ils croient que certains animaux veillent sur eux et les guident. Ça ne me semble pas très différent de nos anges gardiens, sauf que tous les animaux ont des personnalités si différentes et tellement de caractère que ça les rend presque plus intéressants que des anges gardiens, qui semblent bien ennuyeux par comparaison. Mais encore une fois, cher journal, tu vois que j'ai commencé à m'abaisser jusqu'à leur monde et à oublier que le mien est supérieur.

22 février

Je venais de m'enfoncer dans un profond sommeil, hier soir, quand, soudain, j'ai été réveillée par de grands cris. Je n'avais aucune idée de qui pouvait faire tant de bruit, dehors et en pleine nuit. Robert est sorti de la tente à toute vitesse, après avoir enfilé ses mocassins, et il est rentré aussitôt.

« Venez voir! Venez voir! » nous a-t-il crié.

Nous l'avons tous suivi dehors. Il a pointé son doigt vers le ciel. C'était rempli de lueurs de toutes les couleurs, comme un arc-en-ciel, mais en pleine nuit!

« Les danseurs fantômes », a dit Outarde blanche.

« Non, non, l'a corrigée papa. Ce sont des aurores boréales. »

C'était magnifique, et j'en étais bouche bée. Nous sommes restés là tant que nous l'avons pu, jusqu'à ce que le froid nous convainque de regagner la chaleur de nos tentes et de nos couvertures.

3 mars

Les hommes ont rapporté d'autres bisons au campement il y a quelques semaines, résultat de leur chasse fructueuse, et depuis, je n'ai pas eu une seule minute pour écrire. Toutes les Indiennes, jeunes et vieilles, travaillent très fort quand les bisons arrivent au campement, et nous, les colons, avons aussitôt été mis à l'ouvrage avec elles. Je vais décrire ce que nous faisons.

D'abord, nous découpons la viande en fines lanières qui s'enroulent en spirale et nous les suspendons à des supports. Mais, la semaine dernière, il neigeait et le temps était trop humide, alors nous les avons fait sécher à l'intérieur des tipis. Un treillis supporté par quatre perches est placé au-dessus du feu. L'odeur est si forte qu'au début, j'ai dû choisir entre rester au chaud, toute seule dans notre tipi, ou geler dehors, tout en étant capable de respirer. Mais la température s'est mise à tomber et, au bout d'à peine quelques minutes, j'ai commencé à geler. Je n'avais plus le choix : il me fallait simplement m'habituer à la puanteur.

Quand la viande a finalement été sèche, nous l'avons ficelée en paquets que nous avons entreposés dans des sacs faits de peaux de bêtes. Au bout de quelques jours, nous avons ressorti la viande et nous l'avons écrasée avec des marteaux de pierre pour en faire une sorte de pâte. La premièrc fois que j'ai aidé à faire ce travail, mes bras me faisaient tellement mal, le lendemain matin, que j'avais du mal à les lever. Ensuite, nous avons ajouté des petits fruits à cette pâte et avons versé de la graisse de bison dessus. Nous avons laissé prendre le tout, puis nous l'avons remis dans des peaux. Quand tout a été terminé, j'avais le sentiment du devoir accompli, sachant que nous venions de fabriquer du pemmican pour les semaines à venir.

Mais notre travail n'était pas fini. Il fallait encore tanner les peaux des bisons. Tendre feuille dirigeait l'opération, étant donné que la grand-mère d'Outarde blanche n'allait pas bien. D'abord, Tendre feuille a mis à cuire, à petits bouillons, la cervelle, le foie et la graisse d'un veau. Puis elle en a fait une pâte molle. Ensuite, les filles ont pris la relève.

Nous avons enduit les peaux de cette pâte. Les peaux sont restées à sécher près du feu pendant des jours et, encore une fois, l'odeur était épouvantable. Ensuite, nous avons fait tremper les peaux dans de l'eau, en avons fait des rouleaux, les avons aussitôt déroulées, puis les avons étendues et frottées avec nos mains. Nous avons ainsi frotté les peaux pendant des jours. J'avais les mains tellement endolories qu'elles me faisaient mal juste à ouvrir et à fermer les doigts. Mais le dernier jour, Tendre feuille m'a donné une pièce de cuir pour que je puisse m'en faire une jupe. Comme celle que je portais était en lambeaux, le présent était fort apprécié. Mais est-ce que ça l'était vraiment? Est-ce que je vais pouvoir la porter sans pour autant leur ressembler? Et est-ce que c'est bien ou mal, de faire ça?

10 mars

Il a fait froid, trop froid pour écrire. Je crois que je vais attendre notre retour à Pembina, avant de me remettre à écrire.

21 mars

Nous sommes revenus! Il y a un dégel, ce qui est normal pour le premier jour du printemps, et je me sens bien au chaud, enroulée dans mon châle écossais. Je suis décidée à rattraper ma longue absence de ces pages et je vais essayer d'écrire plus souvent. D'une certaine façon, je suis heureuse d'être revenue dans le confort (relatif) du fort Daer, mais je regrette déjà le plaisir que nous avons eu à vivre avec les Indiens, sauf pendant les gros travaux. Et, bien sûr, Cathy et son père habitent de nouveau avec nous, et Cathy est aussi agaçante que d'habitude.

22 mars

Je suis en train d'écrire, assise au coin du feu, parce que je me sens tellement désespérée que je ne sais pas quoi faire d'autre. Aujourd'hui, James est parti à la chasse avec les frères d'Outarde blanche. À la fin de l'après-midi, le ciel s'est soudain assombri. Outarde blanche est venue chez nous et elle a dit qu'une grosse tempête arrivait et qu'elle espérait que les garçons étaient à l'abri.

Je suis sortie avec elle et j'ai regardé le ciel. Il était noir, et le vent soufflait du nord. Le froid me mordait les joues, et je pouvais sentir la température qui dégringolait à toute vitesse tandis que nous restions là sans bouger.

« Est-ce qu'ils sont en danger? » ai-je demandé.

« Ça va être dur », a-t-elle dit en haussant les épaules.

Je suis vite allée retrouver papa, qui revenait du petit magasin du fort. Il portait un grand sac et a souri en m'apercevant.

« Du gruau! » m'a-t-il dit.

J'étais heureuse de voir qu'il avait retrouvé son sens de l'humour, car du gruau, c'est tout ce que nous avons à manger, à part ce que les hommes rapportent de la chasse. Mais il brandissait son sac comme s'il avait été rempli d'or. Je ne voulais surtout pas l'inquiéter, mais je n'avais pas le choix.

« Papa, Outarde blanche dit qu'une tempête se prépare, et James est parti à la chasse avec ses frères. »

Papa a aussitôt perdu son sourire et a regardé Outarde blanche, comme si elle pouvait faire disparaître le mauvais temps. Elle s'est aussitôt approchée de lui et elle lui a parlé doucement. Il a eu l'air de se détendre un peu, comme si elle lui avait dit quelque chose de réconfortant. J'aimerais bien savoir quoi, parce que je me sens moi-même très angoissée. Je suppose que l'attitude d'Outard blanche a suffi à le rassurer. Elle a dû lui dire que ses frères ont déjà survécu à bien pire, ou quelque chose de ce genre.

La tempête s'est abattue sur nous quelques heures plus tard et, maintenant, nous restons enfermés dans notre cabane et tremblons devant tant de fureur. Dehors, on ne peut pas voir plus loin que le bout de son nez. Et à l'intérieur, le vent s'engouffre tellement fort par les fentes des murs que je suis obligée d'arrêter d'écrire, car les feuilles de mon journal battent au vent malgré mes efforts pour les maintenir à plat. Je prie pour James et, bien sûr, pour les frères d'Outarde blanche.

23 mars

C'est mon anniversaire. Papa et Outarde blanche m'ont offert un magnifique collier indien. Mon seul souhait est de revoir James sain et sauf à la maison. Nous n'avons pas le cœur à la fête.

Le soir

Pas de nouvelles. La tempête empire, comme si c'était possible! Comment vont-ils faire pour s'en sortir?

24 mars

Le jour se lève. Aucun changement. Le vent continue de hurler. Nous avons presque gelé, même si le feu a brûlé toute la nuit. La peur me glace les sangs.

L'après-midi

Nous avons lu des passages de la Bible et récité des prières.

Cathy est agaçante au-delà de tout ce qu'on peut imaginer. Elle n'arrête pas de répéter que James a été imprudent de partir avec des sauvages. Mais ils représentent son seul espoir. Est-ce qu'elle ne peut pas comprendre ça?

Le soir

Toujours rien, et la tempête fait toujours rage.

25 mars

Ce matin, je me suis réveillée, entourée d'un étrange silence, un silence d'une qualité qui m'était inconnue jusque-là. Nous nous sommes tous réveillés à peu près en même temps. Si je n'avais pas vu un filet de lumière entrer par les fentes des murs de la cabane, je n'aurais jamais su que c'était le matin. Papa a dit qu'il allait demander à Ours noir, le père d'Outarde blanche, s'il avait des nouvelles de nos chasseurs. Je crois qu'il avait hâte de sortir et de rassembler quelques hommes afin de partir à leur recherche.

Mais quand il a voulu ouvrir la porte, elle n'a pas bougé, pas même d'un centimètre. Il a foncé dedans, de tout son poids, puis le père de Cathy aussi (qui a réussi à passer deux jours entiers avec nous sans prononcer plus de deux mots). Mais la porte n'a pas voulu bouger.

La neige nous avait emprisonnés.

« Nous allons devoir attendre patiemment, a dit papa. Je suis sûr que les Indiens vont pouvoir sortir de leurs tipis, car ils n'ont pas de portes de bois pour les en empêcher. Et ils vont pouvoir se déplacer sur la neige avec leurs raquettes. Il nous reste juste à espérer qu'ils vont venir nous sortir d'ici.

L'attente a été horrible. J'ai fait cuire du gruau pour tout le monde. Nous avons mangé, mais sans parler ou presque. Nous étions trop inquiets pour James. Même Cathy a réussi à tenir sa langue, se rendant peut-être compte que personne n'aurait la patience de la supporter, aujourd'hui. Je me sentais de plus en plus oppressée, tellement que, par moments, j'avais envie de hurler.

Finalement, nous avons cru entendre quelque chose. On aurait dit que notre cabane était devenue comme un sorte de cocon, car il y régnait un silence presque total, mais, enfin, nous avons clairement entendu des grattements. Je voyais de plus en plus de lumière passer par les fentes des murs, au fur et à mesure que la neige était enlevée. Ensuite il y a eu des sons derrière la porte, et elle s'est entrebâillée. Puis, centimètre par centimètre, elle a continué à s'ouvrir plus grand. John Lawson et Peter MacDonald étaient là, le visage tout rouge à cause de l'effort. Juste derrière eux se tenaient de nombreux Indiens de la bande. Nous nous sommes tous précipités vers la porte et nous avons jeté un coup d'œil dehors.

Quel spectacle! Au début, le soleil me faisait tellement mal aux yeux que j'avais peine à voir. Papa s'est enroulé dans une couverture et, avec les autres hommes, il est allé déneiger les autres cabanes. Ours noir se trouvait parmi les Indiens, et j'ai vu papa aller lui parler. Son expression a changé. Il s'est retourné vers moi et il a secoué la tête. Toujours pas de nouvelles.

Si je n'avais pas su qu'il y avait un campement là où je me trouvais, je n'aurais jamais pu le deviner. Par endroits, la neige s'était accumulée jusque par-dessus les toits. Les Indiens se déplaçaient avec leurs raquettes tandis qu'à chacun de ses pas, papa s'enfonçait jusqu'à mi-cuisse, parfois même jusqu'à la taille; Ours noir devait continuellement le dégager. Ils essayaient de tracer de petits chemins entre les cabanes, mais ils devaient le faire avec leurs mains et avec les pelles rudimentaires que les Indiens avaient apportées. Cathy et moi avons refermé la porte. Je suis assisse près du feu et j'attends.

Je me rends compte que je n'ai pas écrit grand-chose à propos de James, dans ces pages, et que c'est une grande négligence de ma part. C'est simplement parce qu'il est un si bon frère que je n'ai vraiment rien à lui reprocher. Je reconnais maintenant que j'ai toujours tenu sa présence pour acquise. Tandis que je me suis employée à jouer le rôle de maman, James a pris, de bien des façons, celui de papa, car papa est souvent trop submergé par son chagrin pour s'acquitter de son rôle de père. Pendant le dur trajet à partir de York Factory, c'était toujours James qui nous encourageait à tenir bon, qui essayait de nous faire oublier notre fatigue en racontant des blagues et en nous disant des mots gentils, quand c'était nécessaire. James n'avait jamais l'air d'avoir peur. Mais ça ne veut pas dire qu'il est parfait pour autant. Il a toujours refusé de me montrer les poèmes qu'il écrit et qu'il garde secrètement. Parfois, il se met à réciter une de ses plus belles pièces, mais seulement s'il est certain qu'elle est assez au point pour être entendue. Ce n'est pas un batailleur, c'est certain. Et quelques-uns parmi les jeunes pensent même que, à cause de ça, il n'est pas un vrai homme. Mais moi, je pense qu'il est encore plus vrai que les vrais de vrais.

Je suis certaine d'une chose : papa ne survivra jamais à une autre perte. Et je ne suis pas sûre que je le pourrais, moi non plus.

Le soir

James est en vie! Il a été ramené dans notre cabane par Ours noir, à la nuit tombante. Il ne pouvait pas marcher tout seul, car il est devenu aveugle! Je l'ai enveloppé dans des couvertures et lui ai fait manger du gruau et boire du thé bien chaud. J'ai remarqué que ses oreilles étaient blanches, et ça m'inquiète ça aussi, parce que je ne sais pas ce que ça veut dire. Papa nous a tous fait prier avec lui afin de remercier Dieu de nous avoir ramené James.

27 mars

La mère d'Alice a réussi à venir jusqu'ici par un des petits chemins que les hommes ont tracés entre les cabanes. Papa était allé la chercher, dans l'espoir qu'elle saurait quoi faire pour James. Elle dit qu'il va recouvrer la vue. Ça s'appelle le « mal des neiges » et ça ne dure jamais longtemps. Mais elle est inquiète pour ses oreilles. Elle dit qu'elles sont blanches, parce qu'elles étaient gelées et qu'à partir de maintenant, il devra toujours bien les protéger contre le froid s'il ne veut pas avoir une infection. James a dormi très longtemps et n'a pas encore pu nous raconter ce qui s'est passé.

28 mars

Je vais essayer de raconter la mésaventure de James en détail. Lui et les frères d'Outarde blanche, Hibou de feu, Tamia sauteur et Petit ours, avaient décidé de partir à la chasse. Ils ne voulaient pas attraper des bisons, mais plutôt des chevreuils, et aussi tendre des collets pour piéger des lièvres. James s'est lié d'amitié avec ces trois garçons, tout comme moi avec Outarde blanche. Hibou de feu et Tamia sauteur sont plus vieux que lui, juste un peu plus jeunes qu'Outarde blanche, tandis que Petit ours m'a l'air d'être à peu près du même âge que mon frère. James et lui passent beaucoup de temps ensemble, et James commence à se débrouiller pas mal bien dans leur langue.

Ils ont d'abord traqué une famille de chevreuils et se sont éloignés de plus en plus de notre campement. James a bien remarqué que le ciel s'assombrissait, et il pense que Petit ours s'en est aperçu aussi, car il l'a entendu en parler à ses grands frères; mais ceux-ci voulaient absolument poursuivre leur chasse et ne l'ont pas écouté. Puis le vent s'est levé, la neige s'est mise à tomber, et les pistes des chevreuils sont devenues de plus en plus difficiles à distinguer. C'est alors que les deux grands se sont rendu compte qu'il était temps de retourner au campement. Mais la tempête approchait tellement vite qu'ils ont compris qu'ils n'atteindraient jamais le camp avant la nuit ou, plutôt, que la tempête s'abattrait sur eux avant qu'ils y arrivent. Les garçons savaient qu'il y avait un petit bosquet pas trop loin de là et ils ont pris cette direction.

Il faisait presque noir quand ils y sont enfin arrivés. À toute vitesse, ils ont arraché des branches d'arbres et ont fait du feu, mais, au bout de quelques heures, le vent soufflait tellement fort que le feu s'éteignait tout le temps. Alors ils se sont étendus par terre, au pied des arbres, et se sont couverts de branches, même si ça ne les protégeait pas beaucoup. Ils sont restés là toute la nuit, toute la journée suivante et encore toute une autre nuit. Le vent soufflait irrégulièrement, tantôt très fort et tantôt moins; alors, dès qu'ils le pouvaient, ils allumaient un feu. Ils sont convaincus que c'est ce qui leur a sauvé la vie, ces quelques heures (et parfois même quelques minutes seulement) de chaleur. Quand la tempête s'est calmée et que le jour s'est levé, calme et serein, ils se sont mis à marcher vers le campement, mais le manque de nourriture les avait affaiblis et, à chaque pas, ils s'enfonçaient dans la neige. Au moment où Ours noir les a retrouvés, James affirme qu'il n'était plus capable de faire un seul pas de plus. Il avait presque complètement perdu la vue, et Tamia sauteur devait le guider. Petit ours non plus ne voyait plus rien. Ours noir leur avait apporté des raquettes, mais c'est déjà difficile de marcher avec ça en temps normal, alors imagine ce que ça peut être quand tu ne vois plus rien!

Et là, malgré la gravité de la situation, James nous a tous fait rire en se décrivant comme aveugle et en titubant avec ses raquettes, tandis que Tamia sauteur et Hibou de feu le taquinait avec Petit ours, probablement pour les aider à tenir le coup.

5 avril

Je n'ai pas eu le temps d'écrire car j'ai dû prendre soin de James. Le soir, plutôt que d'écrire dans tes pages, je lui fais la lecture. Il fait toujours grand soleil, mais affreusement froid. Nous pouvons maintenant nous déplacer d'une cabane à l'autre, mais nos provisions sont presque épuisées parce que les hommes ne peuvent pas aller à la chasse. Et le magasin n'a presque plus rien en stock, à part le gruau.

8 avril

J'étais assise avec Alice chez elle, en train de coudre, lorsque j'ai entendu ses parents discuter de la Compagnie du Nord-Ouest et de son intention de chasser, encore une fois, les colons installés à La Fourche. Apparemment, Colin Robertson, qui avait pris la tête du groupe d'Alice après qu'ils ont été chassés de la rivière Rouge, est allé voir Duncan Cameron en février dernier et il lui a dit d'arrêter de répandre des rumeurs destinées à effrayer les colons, comme il l'avait fait auparavant lorsqu'il avait réussi à faire partir tout le monde, sauf ces 13 familles irréductibles. Au début, Duncan Cameron semblait se montrer réceptif, mais, avec les mois qui passaient, il est devenu évident que ce n'était pas le cas. Il y a un mois, en mars, Duncan Cameron est retourné au fort Gibraltar, vêtu de son uniforme des armées britanniques, et a claironné sur tous les toits qu'il réussirait encore une fois à chasser les colons. Autrement dit, nous. (Est-ce que je t'ai déjà dit, cher journal, que le fort Gibraltar appartient à la Compagnie du Nord-Ouest et qu'il est situé près du fort Douglas, au confluent des rivières Rouge et Assiniboine?)

Alors Colin Robinson a décidé de s'emparer du fort

Gibraltar. Il a confisqué toute la correspondance qu'il y a trouvée. Dans celle de Cameron, il a découvert des copies de lettres de la Compagnie du Nord-Ouest qui pressaient les Métis de nous attaquer. Il y avait une lettre en particulier où il était question de rallier tous les Métis à l'idée de chasser leurs ennemis (nous) de leurs terres. Sur la base de ces lettres, Robertson a arrêté Cameron sur-le-champ.

Apparemment, Colin Robertson pense que, lorsque nous retournerons à La Fourche, il serait plus prudent d'habiter au fort Douglas, mais le gouverneur Semple n'est pas d'accord. Il pense qu'il n'y a aucun danger et que nous pourrons nous installer sur nos lots et les cultiver. Il est vrai que certains, parmi les colons, ont appris à tirer au fusil, cet hiver, quand ils allaient à la chasse, mais ils ne se sont jamais battus. Alors comment pourrions-nous nous défendre?

Alice et moi, nous nous sommes regardées. Je voulais poser des questions, mais il était évident que nous n'étions pas censées avoir écouté et que les adultes ne voulaient pas discuter de cette question avec les enfants. Quand je suis rentrée, plus tard, j'en ai parlé à papa et lui ai demandé pourquoi il ne nous en avait rien dit, lui.

« Je ne voulais pas vous inquiéter, a-t-il répondu. Vous n'êtes encore que des enfants. »

« Mais nous avons le droit de savoir, papa », a objecté James.

« À mon avis, a dit papa, Colin Robertson a une bien meilleure idée des conflits et des dangers auxquels nous nous butons que le gouverneur Semple. Dans les lettres que Colin Robertson nous a envoyées, il l'appelle monsieur Simplet, et je commence à trouver que ce surnom lui va bien. Malheureusement, notre sort est entre ses mains, semble-t-il. »

Après en avoir dit trop peu, voilà que papa se met à nous en dire trop. Maintenant, je suis vraiment inquiète. Si nous ne pouvons pas nous fier au bon jugement de notre gouverneur, il y a vraiment de quoi s'inquiéter.

10 avril

Outarde blanche a pris l'habitude de venir dans notre cabane, le soir, afin de m'écouter lire la Bible. Elle parle un drôle de mélange de gaélique, appris des autres colons, et d'anglais, appris de moi, au temps où nous errions dans la prairie. Parfois, durant la journée, je l'aperçois en train de parler avec papa, quand nos tâches sont terminées. Et elle réussit à le faire rire. Je croyais que je ne le verrais plus jamais rire. Mais cela me trouble, tout comme le temps que nous avons passé à vivre avec les Indiens. Si elle est vraiment une sauvagesse, alors comment se fait-il qu'elle soit si gentille? Est-ce que les Indiens sont des sauvages pour la simple raison qu'ils rejettent la Bible? Je pensais qu'ils étaient des brutes sanguinaires, des gens en qui on ne pouvait pas avoir confiance, mais c'est faux.

Je vais en parler à papa.

12 avril

Papa dit que les Indiens ont une culture très ancienne. Il a appris beaucoup de choses à leur sujet quand nous vivions avec eux, surtout quand il partait à la chasse avec les hommes de la bande. Le soir, les Indiens s'assoyaient autour d'un feu de camp et racontaient des histoires. Papa leur posait beaucoup de questions, et ils étaient toujours contents de lui répondre. J'ai parlé à papa des Indiens et de la Bible. Il dit que ce n'est pas leur faute s'ils ne connaissent pas les enseignements de la Bible et que nous pourrions la leur enseigner, de la même façon que je le fais déjà avec Outarde blanche.

« Mais s'ils ne veulent pas qu'on le fasse? » ai-je demandé.

« Alors ce sera leur choix, m'a-t-il répondu. C'est à eux de décider. »

Pour le moment, papa est beaucoup plus préoccupé par les gens de la Compagnie du Nord-Ouest que par l'évangélisation des Indiens. Il craint que le gouverneur Semple ne refuse d'écouter Colin Robertson et que nous ne soyons en danger. Il dit que nous allons bientôt retourner à La Fourche. J'ai hâte! Enfin, nous allons pouvoir construire notre petite maison à nous et vraiment commencer notre vie dans le Nouveau Monde. Le temps s'est beaucoup adouci, mais il y a tellement de neige que personne ne veut voir la température monter trop vite, car nous nous retrouverions alors au beau milieu d'une gigantesque inondation. Les Indiens racontent des histoires à ce sujet et ils ont l'air d'en avoir une peur bleue.

15 avril

Ce soir, au souper, papa nous en a dit davantage. Apparemment, Duncan Cameron et les autres de la Compagnie du Nord-Ouest, qui avaient été faits prisonniers par Colin Robertson au fort Gibraltar, ont été amenés au fort Douglas. M. Robertson veut renvoyer Duncan Cameron en Angleterre, avec la correspondance qui prouve qu'il nous veut du mal, afin de lui intenter un procès. Il aimerait aussi fusionner les campements des forts Douglas et Gibraltar, et il souhaite que nous restions dans l'un des deux forts plutôt que de retourner sur nos lots. Mais le gouverneur Semple ne veut rien entendre et va nous envoyer sur nos terres.

« À présent, mon garçon, a dit papa en regardant Robert d'un air sévère, je sais que tu vas être tenté d'aller courir et jouer avec tes amis indiens, mais tu devras faire bien attention de ne pas trop t'éloigner. »

Robert a souri. Il était évident qu'il n'avait pas du tout l'intention de ne pas courir et de ne pas jouer.

20 avril

Je ne sais pas trop comment le dire ou l'écrire. J'ai comme l'impression que, si je n'écris rien, maman ne le saura jamais. Mais je sais, maman, que tu nous regardes de là-haut et que tu es déjà au courant. Quelle surprise pour moi! Et pour James et Robert aussi.

Papa a l'intention d'épouser Outarde blanche!

Je me sens tellement troublée que je suis incapable d'écrire un mot de plus.

21 avril

C'est vrai. J'ai parlé à Outarde blanche.

23 avril

Je me sens comme si j'étais dans les nuages. Je n'arrive plus à mettre mes idées en ordre.

24 avril

J'ai frappé Cathy, et elle s'est mise à pleurer. Elle a dit quelque chose de très méchant au sujet de papa : qu'il allait épouser une sauvagesse. Elle et son père ont déménagé dans une autre cabane.

25 avril

Alice passe beaucoup de temps avec moi, à m'écouter parler. Sa mère a été très gentille avec moi et elle me dit de ne pas me montrer si dure envers papa. Elle me rappelle que j'aimais beaucoup Outarde blanche avant que tout ceci arrive. Et elle parle de tous les autres mariages de ce genre. Après tout, les Métis sont très nombreux. James vient souvent s'asseoir avec nous, lui aussi, et Alice s'arrange pour lui paraître très sympathique. Robert ne semble pas affecté. Il aime Outarde blanche et dit qu'il va être heureux de l'avoir pour mère.

« Mais c'est moi qui suis ta mère! » ai-je objecté.

« Non, tu es ma sœur », a-t-il répliqué.

28 avril

Nous nous préparons à partir. James Sutherland, qui est l'aîné de notre Église et qui a consacré les premières unions, va célébrer le mariage avant notre départ, de sorte qu'Outarde blanche fera déjà partie de notre famille quand nous arriverons à La Fourche.

Le soir

Outarde blanche et moi avons eu une longue conversation cet après-midi. Nous parlons un mélange d'anglais et de cri, mais, naturellement, je ne peux pas écrire en cri dans ces pages, alors je vais tout remettre en anglais.

« Nous sommes des amies, Isabelle, non? » m'a-t-elle demandé.

« Je le croyais… ai-je répondu. Mais comment peux-tu être mon amie, si tu m'enlèves mon père? » lui ai-je lancé au visage.

Elle m'a longuement regardée, puis elle m'a pris la main.

« Non, m'a-t-elle dit d'une voix douce. Je te le redonne. »

« Tu veux dire que tu ne vas pas l'épouser? » ai-je demandé en la regardant intensément.

Elle a secoué la tête, visiblement pour chercher ses mots.

« Je veux dire qu'il n'est pas heureux tout seul. Il a besoin d'avoir une femme. Quand il en aura une, il va redevenir un bon papa heureux. »

« Mais je m'occupe déjà de lui, ai-je rétorqué. Il n'a besoin de personne d'autre. Il a une famille, et nous nous serrons les coudes et nous prenons soin les uns des autres. »

« Tu es trop bonne, a-t-elle dit en hochant la tête. Tu travailles fort toute la journée. Le seul moment où tu as joué, c'était quand nous étions dans la prairie avec les bisons. Et là-bas, tu étais heureuse. Tu es encore jeune. Trop jeune pour être une mère. Être une bonne fille travailleuse, c'est déjà bien assez. »

« J'ai déjà une mère », ai-je grommelé.

« Alors je ne serai pas ta mère », a-t-elle dit en souriant. Je vais rester ton amie, comme avant. Et celle de James, car lui aussi doit être trop vieux pour avoir besoin d'une autre mère. Mais pas Robert. Et ton père est encore trop jeune pour vivre sans une épouse. »

Alors je me suis rendu compte que je n'avais pensé qu'à moi, et pas du tout à papa. Il est heureux maintenant, mais pourquoi est-ce que je ne lui suffisais pas? On dirait que je n'arrive pas encore à l'accepter.

30 avril

Cet après-midi, papa a épousé Outarde blanche. Il faisait un temps magnifique. Le sol est encore recouvert de quelques centimètres de neige, ce qui tombait bien pour la cérémonie, car sous la neige, il n'y a que de la boue. Au lieu d'être une immense flaque de boue, le fort Daer est des plus agréables aujourd'hui. C'est vrai que la neige n'est plus très blanche, et même plutôt gris pâle, mais on sent déjà le printemps dans l'air.

Toute la colonie a assisté au mariage, qui a eu lieu dehors. Les Indiens aussi sont venus, avec de la viande fraîche pour le repas. Après la cérémonie, nous avons mangé, et Jasper McKay a joué de la cornemuse. Tout le monde dansait. Moi, j'en étais incapable. Outarde blanche m'avait demandé de lui servir de témoin, mais j'avais refusé. Sa mère et Alice l'ont fait. Robert et James ont agi comme témoins pour papa. Au bout d'un certain temps, en pleines réjouissances, Outarde blanche et papa sont partis tous les deux, seuls, pour un court voyage. Ils reviendront dans deux jours.

Entre-temps, c'est James qui a la charge de la famille.

Je ne ressens rien. Toute la journée a passé comme dans un rêve. Pourquoi suis-je la seule, avec Cathy, à trouver que ce n'est pas bien? Papa a essayé de me parler à plusieurs reprises, au cours des derniers jours, mais je n'avais rien à lui dire.

Qu'est-ce que je devrais lui dire? Tu as trahi ma mère? Tu m'as trahie?

2 mai

Papa et Outarde blanche sont revenus et maintenant, comme de raison, Outarde blanche habite avec nous. Je dois avouer que, déjà, elle me soulage d'un lourd fardeau. Je n'ai jamais voulu m'en plaindre dans ces pages, surtout que j'ai l'impression d'écrire autant pour maman que pour moi-même, et jamais je ne voudrais reprocher à maman de m'avoir tout laissé sur les bras. Mais c'était difficile d'être toute seule à prendre soin de papa et des deux garçons. Je devais nettoyer la cabane, faire la cuisine, la couture et le reprisage, en plus de voir à l'éducation de Robert. C'est cette dernière tâche qui a le plus souffert. Robert passe tout son temps à jouer avec ses amis et pas une seule minute à penser à ses études. Cela me préoccupait beaucoup. Mais maintenant, Outarde blanche se charge de préparer la nourriture et elle n'a besoin de moi que pour l'aider à faire le ménage, ce qui me laisse du temps à consacrer à Robert. Je suppose que c'est une bonne chose. Elle est aussi gentille qu'avant avec moi et elle ne semble pas me porter rancune pour ma conduite désobligeante. À sa place, je serais furieuse. Papa sourit maintenant, et fait même des blagues. Il souhaite encore me parler. Il faudrait peut-être que je lui parle. Nous partons dans deux jours pour La Fourche.

3 mai

James m'a fait asseoir pour me sermonner.

« Tu te conduis comme une enfant, m'a-t-il dit. Papa aime Outarde blanche. »

« Mais pourquoi a-t-il si vite arrêté d'aimer maman? » ai-je demandé.

« Il n'a jamais cessé de l'aimer, a répliqué James. Il aimera toujours maman. Mais elle ne reviendra jamais. Je croyais que tu aimais Outarde blanche. »

« C'était vrai, jusqu'à ce que je découvre qu'elle courait après papa », ai-je répondu.

« Elle ne lui a jamais couru après, a dit James en riant. Oh! tu es encore trop jeune pour comprendre. »

Je ne suis pas trop jeune!

4 mai

Demain, nous entamons notre voyage de retour à La Fourche. Je ne pourrai pas écrire tant que nous n'y serons pas arrivés. Robert fera le trajet à dos de cheval avec un des frères d'Outarde blanche. Il est tellement excité qu'il ne tient plus en place. Tous les autres iront à pied.

Depuis que nous sommes revenus à La Fourche, nous habitons au fort Douglas, sous la tente. Et nous construisons la nouvelle cabane. Je me retrouve souvent debout, à ne rien faire d'autre que de contempler la prairie où nous aurons bientôt notre nouvelle maison. Nous avons dû partir tellement vite, l'hiver dernier, que je n'ai même pas pu voir où nous allions habiter et, maintenant, c'est une merveilleuse surprise. Papa dit que ce sont de bonnes terres de culture, et les colons qui sont partis pour le Haut-Canada avaient déjà commencé à les défricher.

Je me rappelle le sentiment que j'avais d'être enfermée, à bord du bateau, et je me réjouis de ne plus jamais le ressentir, car la prairie semble s'étendre à l'infini. Il y a des arbres, naturellement, qui en brisent la monotonie, mais je sens toute cette étendue autour de moi. Parfois, il me prend des envies de courir, courir avec la caresse du vent chaud sur mon visage, sachant que rien ne pourra m'arrêter. La prairie s'étend si loin que je pourrais courir pendant des semaines sans aucun obstacle sur mon chemin!

Aujourd'hui, nous avons commencé à construire la cheminée de notre maison. Les frères d'Outarde blanche nous aident et, quand elle sera terminée, nous pourrons enfin emménager. D'abord, on a monté la structure de branches. Le tout est fixé au moyen d'une pâte faite avec de l'argile, de la paille et de l'eau, qui durcit presque instantanément, et qui durcira encore plus, aussi dure que de la brique, quand nous commencerons à faire du feu dans la cheminée.

Mais laisse-moi te raconter un peu notre voyage de retour.

Tandis que nous marchions, la prairie semblait éclater de mille couleurs, tout autour de nous. Il y avait des crocus partout, bleus comme le ciel. Les arbres et les arbustes, qui porteront des fruits dans quelques mois, étaient couverts de fleurs : pruniers sauvages aux fleurs blanches délicatement parfumées, amélanchiers, cerisiers sauvages et merisiers. Alice m'a enseigné leurs noms. Elle m'a aussi montré les fraisiers, les framboisiers et les petits arbustes qui donneront des bleuets. Les feuilles poussaient sur les arbres, aussi : chênes, ormes, peupliers, liards, frênes et érables. Elles étaient d'un beau vert tendre. On aurait dit que tout ce monde qui nous entourait était gagné par la frénésie du printemps et voulait le crier à tous les vents! J'ai vu un magnifique oiseau à la poitrine rousse, et il y avait quantité d'oiseaux noirs à épaulettes et aussi des chardonnerets jaunes, des petites mésanges, très peu farouches, et des geais bleus, aux couleurs voyantes et aux cris stridents.

En marchant avec Alice, je me concentrais sur les merveilles qui m'entouraient et, dans la mesure du possible, j'essayais d'ignorer ma famille. Cathy ne semblait pas vouloir cesser de m'agacer même si mon père était déjà marié. Le seul avantage que j'aurais pu tirer de ce mariage s'était donc évanoui. Elle s'était remise à me harceler! Elle marchait souvent avec Alice et moi et, à la moindre occasion, elle me taquinait et me faisait des commentaires à propos d'Outarde blanche, tant et si bien que j'en suis arrivée à prendre la défense d'Outarde blanche et de papa.

Nous semblons avoir gagné une nouvelle famille. Tamia sauteur a pris Robert avec lui, sur son cheval, et Petit ours a fait de même avec James. Les garçons ont trouvé cela follement excitant. Le soir, nous mangions souvent avec la famille d'Outarde blanche, dans leur tipi et, quand nous installions le campement assez tôt, nous étions invités à participer à des jeux jusqu'au coucher du soleil.

Pendant le voyage, le jeu auquel les filles s'adonnaient le plus souvent se jouait avec des bâtons. Deux bâtons sont plantés à environ 30 centimètres l'un de l'autre. Les filles se placent à une distance de quelques mètres des piquets et lancent d'autres bâtons en essayant de les faire atterrir entre les deux. Elles jouaient à ce jeu même pendant que nous marchions. Elles choisissaient une cible quelconque, comme un arbre ou un arbuste, pour voir laquelle d'entre elles arriverait à la toucher avec un bâton. Outarde blanche nous encourageait à jouer, Alice et moi, et, tout comme pour les autres jeux, j'ai découvert que j'étais très douée. Et comme avant, j'ai adoré la sensation d'être bonne dans quelque chose et la générosité avec laquelle les autres filles applaudissaient à mes prouesses.

Si on juge que la cheminée est bien construite,

nous pourrons déménager dans notre nouvelle cabane d'ici quelques jours.

17 mai

Il y a eu une attaque contre un trappeur de la Compagnie de la Baie d'Hudson par un dénommé Cuthbert Grant. C'est un chef métis, membre de la Compagnie du Nord-Ouest. Papa dit que les hommes de la Compagnie du Nord-Ouest se sont habillés et tatoués comme des Indiens sur le sentier de la guerre et qu'ils ont volé toute la cargaison de fourrures du trappeur.

Maintenant, le gouverneur Semple doit écouter ce que dit Colin Robertson à propos de la menace que représente la Compagnie du Nord-Ouest. Papa espère qu'il va finalement autoriser M. Robertson à ramener Duncan Cameron en Angleterre afin de le citer en justice pour trahison, en présentant, comme preuves, les lettres de menace contre notre colonie. Papa est horriblement inquiet. Colin Robertson est le seul qui soit intelligent parmi nos dirigeants, et papa se demande ce qui arrivait sans son bon jugement, s'il devait partir pour l'Angleterre. Pour le moment, M. Robertson est le commandant du fort Gibraltar, qui a appartenu à la Compagnie du Nord-Ouest, et il semble qu'il va le rester jusqu'à nouvel ordre.

Je sais que je n'écris pas souvent, mais je manque de temps pour le faire. Nous avons emménagé dans notre nouvelle cabane il y a une semaine, et nous sommes tellement occupés que, le soir, je vais me coucher sans prendre le temps de sortir ma plume. Papa m'a confié la charge du potager, mais nous avons eu beaucoup de difficultés à obtenir nos semences. Nous sommes allés au magasin de la Compagnie, qui est installé temporairement dans une des salles du fort, et nous avons été très mal accueillis. Papa a dit qu'à se faire recevoir de cette façon, on se croirait dans les Highlands! Il nous a fallu deux jours, à passer d'un commis à l'autre et à nous faire insulter comme si nous étions de vulgaires serviteurs, avant d'obtenir enfin les semences dont nous avons besoin : haricots, pommes de terre, carottes et navets.

J'adore travailler au potager, mais c'est très fatigant. Et les petites mouches noires sont particulièrement pénibles. Je suis couverte de piqûres. Nous prenons de la boue, à la rivière, et nous l'étendons en couche épaisse sur notre peau. Outarde blanche a préparé un baume, et ça fait du bien. Le pauvre Robert est couvert de piqûres de la tête aux pieds. Le soir, nous devons aussi vérifier si nous avons attrapé des tiques, et Outarde blanche les brûle en appliquant dessus le bout d'une petite branche qu'elle a mis au feu et dont elle a ensuite éteint la flamme. Ce sont des bestioles dégoûtantes qui s'enfoncent sous la peau.

Papa sème de l'avoine et du blé. Oh! je suis incorrigible! Je n'ai pas décrit notre petit bout de terre.

Notre lot est une étroite bande de terrain perpendiculaire à la rivière. Un chemin de terre, ou plutôt un sentier, relie les fermes au fort. Une rangée de peupliers coupe le vent. La rivière est bordée de magnifiques saules dont les branches touchent sol. Papa a pu commencer à labourer tout de suite en arrivant. Malheureusement, il n'y a pas assez de charrues pour tous les fermiers; alors ils doivent les partager.

26 mai

De nombreux colons, dont faisait partie papa, sont allés rencontrer Colin Robertson au fort Gibraltar. Ils pensent que nous devrions tous habiter dans l'enceinte du fort, avec lui, jusqu'à ce que toute forme de danger soit écartée. La rumeur voulant que des Métis complotent pour détruire notre colonie s'amplifie de jour en jour. Tout le monde est inquiet.

27 mai

Il pleut depuis deux jours, et nous sommes restés tous ensemble, entassés à l'intérieur. (Non, non! Je ne vais pas recommencer à me plaindre d'être enfermée.) J'ai été obligée de parler avec Outarde blanche. Comment faire autrement sans être impolie, quand on est coincée comme ça pendant des heures?

Tandis que nous bavardions, je me rappelais le temps de notre amitié, et je sentais mon cœur fondre un tout petit peu. Mais je ne suis pas encore capable, semble-t-il, d'accepter la trahison de papa à l'égard de maman, ni la présence d'Outarde blanche en tant qu'épouse et maîtresse de maison. Je dois avouer qu'elle n'abuse pas de sa nouvelle position. Elle ne m'ordonne jamais de faire ceci ou cela. Qu'arriverait-il si je me mettais à critiquer sa manière de mener notre maisonnée? Et si je cède et que je l'aime, est-ce que ce n'est pas un pas de plus dans la direction qui me vaut tant de sarcasmes de la part de Cathy? Serais-je en train de devenir moi-même une sauvagesse? Est-ce qu'il ne me revient pas d'assurer la continuité de notre ancien mode de vie? Est-ce que je veux encore devenir une vraie demoiselle, oui ou non?

2 juin

Des nouvelles très inquiétantes, aujourd'hui. Des Métis déguisés en Indiens ont attaqué le poste de Brandon, qui appartient à la Compagnie de la Baie d'Hudson et qui est situé un peu plus au nord. Ils étaient entre 40 et 50, et ils brandissaient le nouveau drapeau des Métis : un carré rouge avec un huit couché au centre. Ils ont saccagé le poste, forçant toutes les familles à aller se réfugier auprès des Cris. Il n'y a pas eu de morts, mais toutes les réserves de pemmican, de tabac, d'eau-de-vie et de munitions ont été emportées. Papa craint que les munitions ne soient utilisées contre nous. Nous sommes tous très inquiets. Nous nous demandons si nous ne devrions pas aller habiter dans l'enceinte du fort. Mais le gouverneur Semple ne veut pas nous en accorder la permission; il tient à ce que nous restions sur nos terres et que nous continuions à les cultiver. Chaque jour, quand je sors pour aller travailler au jardin, je me surprends à regarder nerveusement autour de moi, me demandant si une bande de cavaliers aux visages peints ne va pas bientôt arriver pour nous tuer, ma famille et moi, sans que nous puissions y faire quoi que ce soit. Alice aussi est inquiète, et Cathy a l'air encore plus inquiète que tout le monde. Même si elle a son propre travail à faire sur son lot, je la trouve souvent plantée au bout de mon potager, à me regarder travailler.

9 juin

Ce matin, Tamia sauteur est arrivé au galop, et j'ai senti mon cœur se serrer d'angoisse. Il a dit quelques mots à Outarde blanche et, à l'expression de celle-ci, je savais que ce devaient être de mauvaises nouvelles. Sans m'adresser la parole, elle a couru vers le champ pour y retrouver papa. Elle est revenue en secouant la tête d'inquiétude. Les Indiens racontent qu'une bande assez nombreuse descend, en ce moment, la rivière Assiniboine dans le but de détruire notre colonie. Tamia sauteur est reparti à cheval vers le fort afin d'en avertir le gouverneur Semple.

10 juin

Le gouverneur Semple a ordonné que le fort Gibraltar soit complètement vidé et que les pieux des palissades soient jetés à la rivière et récupérés plus bas, où ils serviront à renforcer les défenses du fort Douglas. Colin Robertson continue de croire que les colons devraient être ramenés au fort Douglas pour leur propre salut. Mais le gouverneur Semple ne veut pas en entendre parler. Papa dit que les deux hommes ont eu une discussion vive et que M. Robertson a décidé de partir, affirmant qu'il est incapable de rester au même endroit que le gouverneur Semple. C'est terrible, car Colin Robertson semble être la seule personne intelligente, ici. Papa nous a tous avertis de rester près de la cabane et de faire bien attention quand nous allons aux champs ou que nous descendons à la rivière. Mais nous devons continuer de travailler dehors toute la journée, ce qui est dur pour les nerfs, c'est le moins qu'on puisse dire.

16 juin

Un Indien appelé Moustache est arrivé ce matin au fort Douglas. Il dit s'être échappé du camp des Métis à Portage-la-Prairie. Il raconte qu'il y a là-bas une bande de Métis armés jusqu'aux dents, et aussi des Indiens, et qu'ils arriveront ici en moins de deux jours. Le chef Peguis, qui est le chef des Saulteaux (celui-là même qui, d'après Alice, a aidé les colons au cours des deux derniers hivers), a offert de nous aider, encore une fois. Mais le gouverneur Semple a refusé. Il doit être complètement fou!

19 juin

J'écris ces lignes d'une main tremblante. En ce moment, nous sommes, à toutes fins pratiques, prisonniers à l'intérieur du fort Douglas. Mais laisse-moi revenir un peu en arrière afin de te raconter les terribles événements qui sont survenus au cours des dernières heures.

Juste après le thé, Outarde blanche a décidé de descendre à la rivière afin de lever ses filets de pêche. Elle m'a demandé de l'accompagner, car papa s'en allait sarcler les champs avec les garçons. J'avais prévu écrire dans tes pages, cher journal, et Outarde blanche m'a convaincue de t'emporter avec moi et de m'asseoir au pied d'un arbre, au bord de la rivière, pour écrire. Comme l'idée me paraissait séduisante, j'ai accepté.

Nous sommes donc parties et nous avons été heureuses de découvrir qu'un des filets était rempli de poissons. Nous étions en train de le rentrer, lorsqu'elle m'a fait signe de m'arrêter et a mis son doigt sur ses lèvres. De toute évidence, elle avait entendu quelque chose. J'ai alors senti le sol qui se mettait à vibrer. Outarde blanche m'a fait signe de me coucher par terre sous un grand saule. J'avais la gorge serrée de peur. Allions-nous nous faire attaquer? Où étaient papa et mes frères?

« Nous devons aller avertir les hommes », lui ai-je dit.

« Non, m'a-t-elle répondu d'un ton ferme, tout en me retenant. C'est trop risqué. Les chevaux s'en viennent par ici. »

« Nous aurions dû rester au fort, comme le voulait Colin Robertson, ai-je dit. Qu'est-ce qui va nous arriver maintenant? »

Elle m'a fait « chut », car le bruit des chevaux galopant s'amplifiait. Nous étions près d'une courbe de la rivière. Non loin de notre cachette, il y avait un bosquet de grands chênes bien feuillus. C'est d'ailleurs pour cette raison que l'endroit s'appelle les « Sept-Chênes ». Plus loin, il y a un plat qu'on appelle la « Pelouse aux grenouilles ».

Et c'est là qu'ils étaient rendus : toute une bande d'hommes qui ressemblaient à des Indiens à cause des peintures de guerre aux couleurs effrayantes qui leur couvraient le visage. Mais Outarde blanche m'a chuchoté : « Ce ne sont pas mes frères. Ce sont des sang-mêlé. »

« Des Métis? » ai-je murmuré.

Elle a hoché de la tête.

Par la suite, j'ai appris que la sentinelle du fort Douglas les avait vus arriver. Le gouverneur Semple a alors décidé d'aller à leur rencontre afin de parlementer avec eux.

Peu de temps après, nous avons aperçu le gouverneur qui arrivait avec son escorte formée d'une vingtaine d'hommes.

« Est-ce que papa est avec eux? » ai-je chuchoté.

« Je ne le vois pas, a-t-elle répondu. Mais je vois le père de Cathy et aussi celui d'Alice. »

Un cavalier est sorti d'entre les arbres où les Métis attendaient à cheval, et il s'est adressé au gouverneur et à son escorte : « Qu'est-ce que vous voulez? »

« Qu'est-ce que *vous* voulez? » a rétorqué le gouverneur.

« Nous voulons notre fort. »

« Allez-y, à votre fort! » a répondu le gouverneur.

Il ne pouvait pas s'agir du fort Gibraltar – un fort de la Compagnie du Nord-Ouest – car il avait été démoli. Je n'arrivais pas à comprendre ce qu'il voulait dire exactement. Puis le Métis a crié : « Pourquoi avez-vous détruit notre fort, espèce de sale vermine? »

Les deux hommes se sont rapprochés l'un de l'autre, le gouverneur à pied, et l'autre, à cheval. Nous étions assez près pour voir que le gouverneur était rouge de colère, probablement furieux qu'un homme de basse condition ait osé lui parler de cette manière. Soudain, le gouverneur a levé les bras et saisi les rênes du cheval du Métis. À l'instant même, d'autres cavaliers métis sont arrivés derrière les hommes du gouverneur et les ont encerclés.

Puis un coup de feu a été tiré. Je ne pouvais pas voir qui avait tiré. Outarde blanche s'est jetée sur moi et ensuite (je ne sais pas pendant combien de temps, mais ça m'a semblé une éternité), nous sommes restées sans bouger. On entendait le bruit affreux des hommes hurlant de douleur, des coups de feu, des hommes s'interpellant; bref c'était la pagaille générale. Je suis certaine d'avoir entendu la voix du gouverneur suppliant qu'on lui laisse la vie sauve, disant qu'il n'était pas mortellement blessé et demandant qu'on aille tout de suite chercher le chirurgien. Mais on a entendu d'autres coups de feu, et sa voix s'est éteinte.

J'ai finalement repoussé la main d'Outarde blanche juste à temps pour voir le père d'Alice et un autre homme que je n'ai pas reconnu en train de courir silencieusement d'un arbre à l'autre, accroupis, afin que les Métis ne les aperçoivent pas. Ils sont passés si près de notre cachette que nous aurions pu les toucher. J'ai prié Dieu pour qu'ils réussissent à s'échapper. Puis j'ai entendu un « plouf » et j'ai vu qu'ils nageaient en direction du fort, en prenant soin de longer la berge.

Finalement, après ce qui m'a semblé être des heures – le ciel commençait à s'obscurcir – Outarde blanche a dit : « Nous devons aller au fort. Je crois que les hommes sont partis. Ne regarde pas. Tu ne verras que la mort. » Puis elle m'a prise par la main : « Allons-y tandis que nous en avons la chance. »

Quand je me suis mise debout, mes jambes ont refusé de me supporter. Outarde blanche a dû me soutenir. Mais je me suis rappelé que maman me disait toujours de ne pas avoir peur et j'ai décidé que ces meurtriers ne me feraient pas trembler. Alors j'ai tenu la main d'Outarde blanche, et nous sommes parties en direction du fort, choisissant de courir le long de la rivière plutôt que sur le chemin.

Quand nous sommes arrivées au fort, la première personne que j'ai vue était papa, qui attendait aux portes. Lorsqu'il nous a aperçues, il a paru soulagé. Outarde blanche et moi avons couru nous réfugier dans ses bras.

« Est-ce que James et Robert sont en sécurité? » ai-je aussitôt demandé.

« Oui, a-t-il répondu. Ici, à l'abri, avec moi. »

Il nous a vite entraînées vers le grand bâtiment où tout le monde s'était rassemblé. « Où étiez-vous? Nous étions si inquiets! »

« Nous étions au bord de la rivière », ai-je dit. Puis je me suis arrêtée et je me suis retournée vers Outarde blanche. « Tu t'es bien occupée de moi, lui ai-je dit. Merci. »

Elle a souri, et tout son visage s'est éclairé.

« Tu es ma fille, petite sœur, a-t-elle dit. Je vais toujours prendre soin de toi et de ta famille. »

« Tes frères te cherchaient aussi, a dit papa à Outarde blanche. Tamia sauteur est à l'intérieur. Jeb Connor vient juste d'arriver, trempé de sueur, et il raconte une horrible histoire de massacre. »

J'étais contente d'entendre que le père d'Alice avait réussi à revenir sain et sauf.

« Nous avons vu les Métis arriver, a dit papa. Alors j'ai vite ramené les garçons au fort. On ne vous trouvait nulle part. »

« Nous étions sur les lieux du massacre, papa, ai-je dit. Nous étions cachées sous un saule, juste à côté des

Sept-Chênes. Le gouverneur est mort. Et les autres qui l'accompagnaient aussi. »

« Le père de Cathy en était, j'en ai bien peur, a dit papa. On vient juste d'annoncer la nouvelle à sa fille. »

Il nous a fait entrer dans la grande salle où se trouvaient tous les colons, entassés comme des sardines. Lorsque Cathy m'a aperçue, elle a couru vers moi, s'est jetée dans mes bras et a pleuré et pleuré. Je l'ai réconfortée du mieux que je le pouvais, surprise de tant d'effusions de la part d'une fille qui n'avait jamais exprimé autre chose que du mépris pour tout et que j'avais rarement vue adresser la parole à son père et vice-versa.

En ce moment, elle dort, épuisée par les larmes et couchée à mes pieds tandis que j'écris. Papa a réussi à me trouver de l'encre et une plume, et mon journal a l'air d'être intact, ce qui est étonnant quand on sait que je suis restée couchée dessus, dans l'herbe, pendant si longtemps.

Les hommes se sont réunis, dirigés maintenant par le chef de la colonie, Alexandre McDonell. Je crois qu'ils ont décidé de défendre le fort Douglas. Ce ne sera pas facile de nous en déloger, à en croire les hommes.

20 juin

Le chef Peguis et ses hommes ont ramené au fort les corps de certains de ceux qui ont été massacrés, afin de les enterrer. Le père de Cathy en est; alors, elle pourra, au moins le voir mis en terre. Il y aura ensuite une courte cérémonie d'adieu.

L'après-midi

Cuthbert Grant, le chef des Métis, a envoyé un message nous informant que, si nous ne rendions pas le fort, nous serions tous assassinés! On raconte que la Compagnie du Nord-Ouest a récemment recruté ce Cuthbert Grant à titre de capitaine général de tous les sang-mêlé de la contrée. L'homme qui nous a apporté cette nouvelle s'appelle John Pritchard. C'est un employé de la Compagnie de la Baie d'Hudson qui a survécu au massacre.

Robert trouve toute cette histoire très excitante; aussi veut-il aller se battre. James participe aux discussions avec les adultes. Alice pleure sans arrêt, tout comme Cathy, qui ne me lâche pas d'une semelle. Mais moi, pas question que je me mette à avoir peur. Oh non!

21 juin

John Pritchard a fait circuler une pétition nous encourageant à nous rendre. Papa est furieux. Mais la plupart des colons croient que les menaces de mort doivent être prises au sérieux, alors ils ont presque tous signé. Alexandre McDonell est d'accord avec papa, mais ils sont minoritaires, et personne ne veut les écouter. Alors M. McDonell a envoyé un message annonçant la capitulation du fort. Papa tempête contre cette décision, disant que nous sommes mieux armés qu'eux et que nous sommes dans un fort qui est difficile à prendre.

22 juin

J'ai à peine dormi, la nuit dernière. Aujourd'hui, les représentants de la Compagnie de la Baie d'Hudson dressent l'inventaire de tout ce qui se trouve dans le fort avant de le rendre aux Métis. Les femmes et les enfants pleurent encore leurs chers disparus. Cathy semble inconsolable.

Plus tard

J'ai dit à papa que nous devrions adopter Cathy. Je sais que c'est étrange, car je ne l'aime pas du tout et que, même si elle me colle toujours aux talons, elle n'a pas l'air de m'aimer non plus, mais elle n'a plus personne. Outarde blanche est d'accord, car elle pense que Cathy n'est pas plus méchante que bien des petites sœurs dans beaucoup de familles. James n'a pas l'air trop heureux à cette idée, ni Robert, qui dit que Cathy est maussade.

23 juin

Cuthbert Grant est revenu sur sa parole et il dit maintenant que nous ne pouvons pas partir. Il veut que nous attendions l'arrivée des représentants de la Compagnie du Nord-Ouest, qui viennent du fort Qu'Appelle.

Plus tard

Le chef McDonell s'est entretenu avec Cuthbert Grant. Il lui a dit que, si nous attendions l'arrivée des représentants du fort Qu'Appelle, ceux-ci allaient s'attribuer le mérite de la victoire contre la Compagnie de la Baie d'Hudson. Comme Grant veut se le garder pour lui seul, il va nous laisser partir. C'était habile de la part du chef, de jouer ainsi sur sa vanité.

Nous devons partir aujourd'hui. Nous nous rendons à la baie d'Hudson, puis (je peux à peine y croire et encore moins l'écrire) nous retournerons dans notre mère patrie. Comme tout cela est désolant! Notre petite cabane sera incendiée, et mon potager, saccagé. Tous les rêves que maman faisait pour nous, toutes les épreuves que nous avons dû surmonter, tout ça pour rien?

Comment en sommes-nous arrivés là?

24 juin

Nous avons quitté le fort. Je suis assise près du feu. Je ne peux écrire que quelques mots. Nous sommes partis à bord de huit bateaux, emportant le moins de bagages possible. Papa et Outarde blanche ont couru à notre cabane et récupéré tout ce qu'ils pouvaient entasser dans deux de nos malles. Mes sentiments sont devenus comme mes mains quand il fait trop froid : engourdis.

26 juin

Nous avons été arrêtés par des gens de la Compagnie du Nord-Ouest, aujourd'hui. Et ce qui s'est passé à partir de ce moment-là est absolument incroyable et effrayant. Nous avons d'abord aperçu leurs bateaux qui se dirigeaient vers nous, sur la rivière, toutes voiles dehors. Ils ont vite baissé les voiles et ont accosté sur la berge. Quand nous sommes arrivés à leur hauteur, ils nous ont ordonné de nous arrêter et d'accoster nous aussi en nous menaçant de leurs fusils. Nous n'avions pas d'autre choix que de leur obéir. Nous ne savions pas quel sort nous était réservé, et je m'efforçais de rester calme. Les négociations n'avaient pas été faites avec eux et nous ne nous trouvions plus à l'abri dans le fort.

« Nous aurions dû rester là où nous étions protégés, a grommelé papa. Je l'avais bien dit! »

Mais au moment où nous allions toucher la berge, Cathy a crié : « William! C'est William! »

« William? » ai-je répété.

« Mon frère, a dit Cathy, les yeux brillants. C'est mon frère! »

Alors je me suis rappelé qu'elle avait un frère qui travaillait pour la Compagnie du Nord-Ouest, bien qu'elle n'en ait pas parlé souvent. Même quand son père est mort, elle n'a rien dit de lui. Elle avait peut-être peur de nous rappeler que son frère était de cette Compagnie, surtout que ces gens venaient de massacrer tant des nôtres. Elle ne savait peut-être pas elle-même de quel côté se ranger. Mais à cet instant, toutes ses craintes ont dû s'évanouir, car ses yeux sont devenus tout brillants et elle était sur le point de pleurer. Quand nous avons finalement accosté, elle a été l'une des premières à mettre pied à terre.

« William! William! » a-t-elle crié.

Au son de cette voix, un jeune homme s'est retourné.

« Cathy! » s'est-il écrié.

Elle s'est précipitée vers lui, puis, soudain, elle s'est arrêtée, comme si elle allait se jeter dans ses bras mais qu'elle se rendait compte qu'elle ne le pouvait pas. Il a posé ses mains sur ses épaules et a dit quelque chose que je n'ai pas entendu. Alors elle a répondu, parlant très vite, puis elle a semblé près de s'évanouir, et il l'a prise dans ses bras. Il l'a aidée à se rendre jusqu'à un gros tronc d'arbre et s'est assis avec elle, en lui tenant les mains. C'est un grand gaillard dégingandé, au visage étroit encadré par deux grandes oreilles écartées! Mais il a l'air gentil, et j'étais très contente que Cathy ait eu la chance de le retrouver.

Entre-temps, on nous a fait descendre des bateaux sans ménagements, et on nous a ordonné de monter nos tentes et de débarquer tous nos bagages.

« Ils cherchent la correspondance que Colin Robertson a interceptée quand il a capturé Duncan Cameron, nous a dit papa à voix basse. Les lettres montrent clairement l'intention de la Compagnie du Nord-Ouest de détruire notre colonie, ce qui leur vaudrait la cour de justice, en Angleterre. Colin Robertson a emporté quelques lettres avec lui, mais la plupart sont restées au fort Douglas, et les gens de la Compagnie du Nord-Ouest nous soupçonnent de les avoir emportées avec nous. Si c'est vrai, où qu'elles soient, nous devons espérer qu'ils ne mettront pas la main dessus. »

Nous avons déchargé les bateaux, puis nous avons monté notre tente dans une petite clairière, non loin de la rivière, et, ensuite, nous avons transporté nos malles et toutes nos affaires jusqu'à la tente.

« Je suis Archibald McLeod, a dit un gros gaillard à la voix très forte. Qui est votre chef? »

« C'est moi, monsieur, a dit le chef McDonell en faisant un pas en avant. Je suis le commandant Alexandre McDonell. Et à quoi devons-nous le plaisir de votre visite? »

En entendant cela, Archibald McLeod a rougi et a crié : « Nous allons fouiller tous les bagages, monsieur! »

Le chef McDonell lui a fait une petite révérence.

Cela a eu pour effet de faire enrager l'autre homme encore plus. Il a ordonné à ses hommes d'aller inspecter nos bagages sur-le-champ. Ils se sont mis à farfouiller dans toutes nos malles. Ils ont demandé laquelle appartenait au gouverneur Semple. Ils en ont fait sauter la serrure et l'ont fouillée de fond en comble.

Pendant ce temps-là, Cathy a amené son frère jusqu'à nous pour qu'il fasse notre connaissance.

« Voici William », a-t-elle dit, pour ensuite nous présenter à tour de rôle.

« Cathy m'a raconté que vous vous êtes très bien occupés d'elle. Je vous en serai éternellement reconnaissant », nous a dit William. Puis, l'air complètement abattu : « Je viens juste d'apprendre la mort de notre père. Malheureusement, j'ai reconduit pour deux ans mon contrat avec la Compagnie du Nord-Ouest et je ne peux pas rompre mon engagement afin de m'occuper de ma sœur. Mais elle m'a dit que vous aviez offert de la prendre avec vous », a-t-il ajouté en regardant papa d'un air interrogateur.

« En effet, a dit papa. Et nous serons très heureux de le faire. »

Eh bien, me suis-je dit, nous n'en sommes peut-être pas si heureux que ça, mais comment refuser?

« Je suis vraiment désolé de tous ces événements malheureux, a ajouté William d'une voix posée. Je peux vous assurer que la brigade de la Compagnie du Nord-Ouest n'avait aucune intention meurtrière quand elle a quitté La Fourche. Mais les esprits se sont rapidement échauffés. »

Il a poursuivi en disant que, lorsque Miles Macdonell a décrété que pas une seule parcelle de pemmican ne pouvait être emportée ailleurs, les gens de la Compagnie du Nord-Ouest ont reçu cette déclaration comme un affront. Ils croyaient que la colonie de Lord Selkirk avait été organisée par la Compagnie de la Baie d'Hudson dans le but de leur faire concurrence. Ils ont alors encouragé les Métis à se considérer comme un peuple à part entière et leur ont raconté que leur mode de vie traditionnel allait être anéanti par notre colonie.

« Cela n'excuse en rien leur violence, a-t-il dit, mais je vous donne ces explications afin de vous aider à comprendre que les gens de la Compagnie du Nord-Ouest et les Métis ne sont pas tous violents. Moi-même, je ne sais pas comment réagir. Ce sont les gens de ma propre compagnie qui ont tué mon père, et je dois néanmoins continuer de travailler pour eux. »

« Tu n'as pas d'autre choix que celui d'honorer ton contrat, a dit papa en posant sa main sur l'épaule de William. Mais, tout comme Cathy, tu es le bienvenu parmi nous. » Puis, après une courte pause, il ajouta : « Malheureusement, je ne sais pas où nous allons. Pour le moment, il semble que nous allons retourner en Écosse. Mais Cathy t'écrira et te dira où nous sommes. »

« Merci, a dit William en serrant très fort la main de papa. Vous êtes très bon. Mon père était un homme bon aussi, mais il ne s'est jamais remis de la mort de notre mère, et Cathy n'a pas eu la vie facile, j'en ai bien peur. Elle est restée trop longtemps seule, sans aucune compagnie, et n'a pas eu beaucoup d'amies. Mais je vois que vous l'avez accueillie parmi vous et que vous avez fait preuve de bonté à son égard. Je suis sûr que Dieu vous le rendra. »

Tout à coup, cher journal, je me suis mise à voir Cathy d'un autre œil. Outarde blanche avait sans doute raison, quand elle disait que Cathy se comportait, ou essayait de se comporter, comme une petite sœur agaçante. Elle était incapable de se faire des amies parce que son père l'avait coupée des gens pendant tant d'années. Elle avait donc utilisé, pour attirer mon attention, le seul moyen qu'elle connaissait et qui ne risquait pas de la blesser dans sa fierté. Tandis que son frère parlait, elle a rougi et n'a pas protesté; alors je suppose que ce qu'il a dit est vrai. J'ai pensé que nous avions de la chance que papa ait décidé de surmonter son chagrin. Je me suis même dit qu'il fallait peut-être en remercier Outarde blanche, plutôt que de lui faire des reproches.

William a alors reçu l'ordre d'aller participer à la fouille de M. McLeod. Il nous a donc fait ses excuses et il est parti faire son travail. Tous les hommes de notre groupe ont été interrogés. Certains ont même dû vider leurs poches et se laisser fouiller.

Nous avons mangé du pemmican, ce soir-là, et nous sommes restés sur place encore toute la journée du lendemain. Malgré le peu de bagages que nous avions, les gens de la Compagnie du Nord-Ouest ont fait une deuxième fouille.

William a passé ses soirées avec nous, près du feu. Nous avons découvert une tout autre Cathy, qui, en la présence de son frère, se révélait complètement différente. William a raconté des histoires de chez eux, dans les Highlands, et Cathy, ses souvenirs à elle; nous y avons ajouté les nôtres. Nous avons chanté des chansons des Highlands, et avons pu constater que William et Cathy ont de très belles voix, claires comme le chant des oiseaux.

27 juin

Nous sommes repartis ce matin. Cathy pleurait en faisant signe de la main à son frère. John Pritchard et un autre homme ont été arrêtés par la Compagnie du Nord-Ouest. Ils seront emmenés au fort William. Archibald McLeod a dit que, si nous retournions à La Fourche, nous serions tous « passibles de la peine de mort ». Autrement dit, assassinés!

Tandis que nous nous éloignions à bord de nos bateaux, à grands coups de rames, papa a regardé Outarde blanche. Elle a hoché la tête et retiré un paquet de sous sa robe.

« Les lettres? » ai-je demandé, le souffle coupé.

« Oui », a dit papa.

J'étais remplie d'admiration pour Outarde blanche. À partir de maintenant, je jure que je ne penserai jamais de mal d'elle. Si elle s'était fait prendre, elle aurait été arrêtée, ou pire encore. Mais elle est restée tellement calme que personne n'aurait pu deviner qu'elle cachait d'importants documents.

Une autre pensée m'est venue à l'esprit. Outarde blanche a quitté sa famille sans verser une seule larme, même si c'était déchirant pour elle.

28 juin

Nous avons navigué sur le lac Winnipeg, jusqu'au poste de la rivière Jack. Nous avons faim, et nous sommes fatigués et découragés.

3 juillet

Des orages terrifiants, aujourd'hui. Obligés de rester cantonnés.

On dirait que Cathy est devenue une autre personne. Elle se tient tranquille, elle n'a pas fait une seule remarque désobligeante de toute la journée et elle participe même à nos conversations. C'est une transformation que je n'aurais jamais crue possible, il y a quelques semaines seulement.

7 juillet

Un temps affreux. Nous ne pouvons pas naviguer au large, sur le lac, car le vent souffle trop fort. C'est pénible et fatigant, de se déplacer à la rame en longeant le rivage et sans pouvoir profiter de la poussée du vent. D'énormes nuages passent dans le ciel, et la foudre frappe partout autour de nous. Hier soir, juste à côté de notre tente, un arbre foudroyé s'est fendu en deux et a pris feu. Nous avons démonté la tente à toute vitesse et l'avons traînée loin de l'incendie tandis qu'une pluie diluvienne mêlée de grêle s'abattait sur nous. Quelle nuit épouvantable!

Durant notre voyage vers le sud, l'automne dernier, nous affrontions les difficultés avec davantage de courage parce que nous étions animés par l'espoir d'un avenir meilleur tandis que, maintenant, les épreuves sont encore plus difficiles à supporter. Pour ma part, je broie du noir la plupart du temps. Seule Outarde blanche a conservé son humeur sereine.

Ce soir, tout est calme, du moins pour le moment, mais les nuages ne sont pas partis. En ce moment même, j'entends le tonnerre gronder au loin. Comme ses amis indiens ne sont plus là, Robert passe plus de temps avec Peter. Ils sont en train de ramasser des cailloux, comme ils le font à chaque endroit où nous campons, avec l'idée de les rapporter en Écosse. Ils appellent ça leur collection de roches de la Terre de Rupert. Alice vient dans notre tente dès qu'elle le peut et, même si c'est nous qu'elle vient voir – Cathy et moi – elle passe presque tout son temps à bavarder avec James. Elle l'a tellement félicité pour ses talents artistiques qu'il a promis de lui fabriquer un collier. Elle a rougi et l'a remercié; maintenant, James, lui aussi, ramasse des cailloux tout en cherchant une idée originale pour le bijou. Je crois que nous essayons tous de trouver des façons de nous tenir occupés afin de ne pas repenser aux atrocités des dernières semaines ou de ne pas nous inquiéter de ce qui nous attend.

Je n'avais jamais eu le temps de tailler cette jupe dans la peau qu'Outarde blanche m'avait donnée, mais, maintenant, le soir, elle m'aide à la coudre. La jupe devrait être terminée bientôt. Souvent, quand le feu de camp est allumé, papa et les autres hommes se réunissent pour discuter de ce qu'il faudra faire, une fois rendus au poste de la rivière Jack.

15 juillet

Nous avançons lentement. Je n'ai pas écrit parce qu'il n'y a pas grand-chose à dire et que je travaille à ma jupe avec Outarde blanche. D'ailleurs, elle est presque terminée. Il était grand temps, car la mienne tombe en lambeaux. Évidemment, je pourrais porter une des robes de maman, que j'ai ajustées à ma taille, mais elles sont trop fragiles et ne dureraient que quelques jours, dans cet environnement sauvage et difficile. En plus, papa n'a pas pu emporter tous nos vêtements. Les autres colons non plus, d'ailleurs, alors les femmes et les enfants portent presque tous des vêtements déchirés. Nous espérons pouvoir acheter du tissu, quand nous aurons atteint le poste de la rivière Jack.

25 juillet

Nous y sommes presque. Cet après-midi, nous sommes passés par le lac Playgreen, qui est un très bel endroit. Nous étions déjà passés par là en nous rendant à la rivière Rouge, mais, à cette époque, les arbres avaient perdu leurs feuilles, sauf les épinettes, les mélèzes et les pins. Il y a aussi des bouleaux, des peupliers et des saules, que nous connaissons déjà de la région de la rivière Rouge. On voit des fleurs sauvages partout, qui forment un tapis bleu et jaune vif ponctué de l'orange vibrant des lys tigrés; l'ensemble est mis en valeur par l'orange presque fluorescent des lichens qui poussent sur les rochers.

26 juillet

Nous avons installé notre campement sur la berge de la rivière Jack. Le poste se trouve sur une île située à quelques coups de rames d'ici. Le chef McDonell s'y est rendu directement, avec papa qui transporte les lettres. Ils sont revenus avec des poêlons et des bouilloires, des couvertures, de la farine, de l'huile, du pemmican et du poisson frais. Ils ont aussi rapporté du filin à filets de pêche. L'agent responsable du poste de la Baie d'Hudson, à la rivière Jack, est un dénommé Bird, James Bird. La grande nouvelle, c'est que, pour le moment, il n'entrevoit pas du tout la possibilité de nous renvoyer en Écosse! Il dit que, pour l'instant, aucun bateau n'est censé partir pour l'Europe et que nous devons comprendre non seulement que nous allons passer l'hiver ici, mais aussi qu'il nous faudra sans doute rester une année entière avant qu'un bateau puisse nous ramener dans les vieux pays. Les autres colons avaient l'air désespérés, à entendre ces nouvelles, mais papa garde espoir. Il pense que cette situation va donner le temps à Lord Selkirk de nous ramener à la colonie de la rivière Rouge. Je considère papa comme le plus intelligent des hommes et je veux bien croire ce qu'il dit, mais j'ai l'impression qu'il se raconte des histoires.

La première chose à faire, dit-il, est de nous construire des cabanes pour l'hiver, car nous ne voulons certainement pas le passer sous la tente. Demain, nous nous mettrons à la tâche.

6 août

Nous avons construit une petite cabane pas mal confortable. Nous avons rempli les fentes entre les rondins avec de la mousse et de la boue. Le toit est fait d'une double couche de perches, recouvertes d'une double couche d'écorce d'épinette. Papa a fabriqué deux couchettes superposées, l'une pour Cathy et moi, et l'autre pour Robert et James.

Je crois que je n'ai pas compris grand-chose à propos de notre venue dans le Nouveau Monde. Souvent le soir, papa et les autres adultes, hommes et femmes, en discutent, rassemblés autour du feu de camp. Ils essaient de comprendre ce qui n'a pas marché dans nos plans, et j'écoute attentivement. Je ne suis pas sûre de bien comprendre, mais voici ce qu'il en est, pour le moment. La Compagnie de la Baie d'Hudson a concédé un vaste territoire à Lord Selkirk. Tous semblent d'accord pour dire que Lord Selkirk, quoiqu'un peu idéaliste, était animé de bonnes intentions, dans son projet de colonisation. Mais papa pense que la Compagnie de la Baie d'Hudson devait avoir d'autres raisons que les siennes, en lui octroyant ce territoire. À un moment donné, papa a dit : « Ils ont probablement pensé qu'en nous installant là, nous pourrions fournir à leurs trappeurs le produit de nos récoltes et que, de cette façon, la position de la Compagnie se trouverait renforcée, par rapport à celle de la Compagnie du Nord-Ouest. »

Puis il a ajouté que personne n'avait pensé à tenir compte du nouveau peuple, né de l'union des trappeurs français avec les Indiennes, un peuple en pleine expansion qui veut être reconnu comme une nation à part entière : les Métis. Et ces Métis nous voient, nous, les colons, comme une menace à leur existence et à leur façon de vivre. C'est vrai, ces Métis, qui ne travaillent pour aucune des deux compagnies, dépendent des bisons pour survivre. Alors, comment pourront-ils continuer à chasser le bison si la terre est en culture et que les troupeaux quittent la région? Et les colons sont manifestement une menace pour ceux qui travaillent pour la Compagnie du Nord-Ouest parce qu'on a interdit à ces derniers d'emporter du pemmican afin de le conserver pour la survie des colons. Donc, d'une certaine façon, les colons représentent une simple monnaie d'échange entre les deux compagnies.

« Colin Robertson l'avait très bien compris, a dit papa. C'est pourquoi il savait qu'une menace planait sur nos têtes, alors que le gouverneur Semple n'avait pas l'air de se rendre compte de l'imminence du danger. Fort de son ignorance, il a emmené tous ces pauvres bougres se jeter dans la gueule du loup. »

À ces mots, des femmes qui avaient perdu leur mari à la bataille des Sept-Chênes se sont mises à pleurer. Et Cathy aussi.

« C'est sûr que leurs vies auraient pu être sauvées, s'ils étaient restés à l'abri dans l'enceinte du fort, ou au moins, s'ils avaient emporté avec eux la grosse artillerie et avaient su tirer. Nous sommes venus ici dans le but d'être libres, a dit papa. Mais voilà que les gens importants se servent encore de nous! »

10 août

Je n'ai pas beaucoup le temps d'écrire, car nous passons nos soirées à coudre et à repriser nos bas et nos sous-vêtements, qui sont dans un triste état.

11 août

Alice, Cathy et moi sommes allées cueillir des fraises. Nous en avons trouvé en quantité. Nous avons aussi rencontré des Indiennes cries qui campent non loin d'ici. Au début, elles ne nous ont pas parlé, mais je savais déjà, après mes rencontres précédentes avec les gens du peuple d'Outarde blanche, que ce n'était pas nécessairement de l'hostilité. C'est tout simplement leur façon d'être. Je serais tentée de dire que ce sont des gens timides, mais je commence à comprendre que, si des gens ne se comportent pas comme moi, ça ne veut pas dire que je les comprends pour autant. S'il s'agissait de gens des Highlands qui ne disent pas un mot, j'en conclurais qu'ils sont timides ou hostiles. Mais là, c'est peut-être la manière d'être des Indiennes cries. En tout cas, nous avons montré nos intentions amicales, et elles ont aussitôt changé d'attitude. Elles ont eu la gentillesse de partager les bons endroits de cueillette avec nous. Elles auraient pu nous faire signe de partir, mais on dirait que ça ne leur est même pas passé par la tête.

Il y avait, parmi elles, quelques filles de notre âge, qui m'ont dit qu'elles étaient de la bande des Cris des marécages. L'une d'elles s'appelle Doigts crochus. Elle est grande et belle. Elle nous a montré qu'elle peut replier ses doigts vers l'arrière, jusqu'à ce qu'ils touchent le dos de sa main. Une autre s'appelle Bonne chanteuse et une troisième, Visage clair. Je ne pouvais pas cacher mon étonnement à entendre des noms si bizarres, alors je leur ai demandé comment on les leur avait donnés. J'ai appris que ça ne se passe pas du tout comme chez nous, où nos noms nous sont donnés par nos parents. D'abord, dans les jours qui suivent une nouvelle naissance, il y a une sorte de cérémonie au cours de laquelle le père ou le sorcier chante toute une série de chansons de naissance. Ensuite, la famille et les invités se rassemblent. Le nom choisi peut s'inspirer des caractéristiques physiques ou de la personnalité de l'enfant, ou encore évoquer quelque chose qui lui est arrivé ou un animal qui lui ressemble; il peut même faire référence à un événement particulier, comme une guerre ou un phénomène naturel. Il arrive, par la suite, que les enfants changent leur nom, s'ils ont l'impression que celui qu'on leur a donné à la naissance ne leur convient plus. Et c'est alors qu'ils se retrouvent avec des noms comme Doigts crochus! Si j'avais à changer de nom, je me demande ce que je choisirais. « Vraie demoiselle » ou autre chose?

Quand nous sommes rentrées avec nos fraises, Outarde blanche nous a montré comment en faire des galettes. Ensuite, nous en avons mis à sécher dehors; nous les garderons en réserve pour l'hiver.

15 août

Aujourd'hui, nous sommes encore allées cueillir des petits fruits, des mûres cette fois. Doigts crochus est venue nous chercher et elle nous a indiqué les meilleurs endroits. Elle peut bouger et se contorsionner dans des positions inimaginables. On dirait même que toutes ses jointures sont trop souples. Cathy semble n'avoir rien de bon à lui dire et, quand Doigts crochus n'est pas là, elle s'en moque tout le temps. On dirait bien que Cathy est redevenue comme avant, et je me demande si la personne gentille et raisonnable qu'elle s'était révélée être avec son frère n'était pas tout simplement un mirage. Outarde blanche dit qu'elle est jalouse de mes nouvelles amies. Quelle drôle de fille!

28 août

Nous sommes au Nouveau Monde depuis un an. Afin d'éviter que nous tombions dans le découragement ou le désespoir, papa et Jasper McKay ont organisé une fête. Nous avons dansé pendant des heures. C'était une bonne idée, sinon nous aurions sombré dans la mélancolie, à songer à ce qui nous a amenés là où nous sommes.

1er septembre

De grandes nouvelles! DE TRÈS GRANDES NOUVELLES!

Une lettre de Colin Robertson est arrivée aujourd'hui, nous annonçant que Lord Selkirk va voir à ce que nous puissions retourner à La Fourche.

J'ose à peine y croire! J'ai plutôt l'impression que nos rêves ont été détruits, à la Pelouse aux grenouilles. (Soit dit en passant, je fais d'horribles cauchemars depuis cette terrible journée.)

8 septembre

Outarde blanche travaille à longueur de journée. Elle nous confectionne des manteaux d'hiver avec des peaux de caribou qu'elle a réussi à obtenir des Indiennes en les échangeant contre quelques-unes de nos casseroles.

Cathy et moi allons partir en canot avec Doigts crochus, pour cueillir de la folle avoine.

9 septembre

Je me suis bien amusée, aujourd'hui. J'adore la façon de vivre des Indiens. Mais je ne comprends pas comment c'est possible. Ça n'a rien à voir avec la vie de vraie demoiselle que j'envisageais, à verser du thé et à manger des petits gâteaux avec de la crème, assise dans un joli fauteuil. C'était tellement beau, quand nous glissions sur l'eau, dans notre canot, puis quand nous avons pénétré dans la masse des hauts herbages. Le soleil nous réchauffait les épaules, et les moustiques ont presque complètement disparu, maintenant que nous sommes en septembre. Tout autour de nous, les rochers étaient couverts de lichens d'un orange très vif. Les oiseaux chantaient. J'avais pour tâche d'attraper les longues tiges de folle avoine et de les secouer au-dessus du canot afin d'en faire tomber les grains. Doigts crochus a promis que nous pourrions continuer de participer à la cueillette de la folle avoine, dans les prochains jours, et que nous pourrions garder notre part de la récolte. Outarde blanche va être fière de nous, quand elle va nous voir revenir avec notre provision de folle avoine pour l'hiver, non? Je ne vais rien lui dire de tout ceci, car je veux lui réserver la surprise.

10 septembre

Aujourd'hui, Doigts crochus nous a emmenées au campement des Indiens, et nous les avons regardés faire chauffer les grains de folle avoine sur le feu. Puis ils les ont mis dans un grand trou creusé dans le sol. Le frère de Doigts crochus, Nez cassé, s'est alors mis à sauter à pieds joints, dans le trou. Sur le coup, j'étais horrifiée, car je pensais qu'il faisait une bêtise et allait gâter notre récolte. Mais, en réalité, c'est la méthode qu'ils emploient pour séparer le grain du son.

11 septembre

Doigts crochus est entrée en trombe dans notre cabane en criant : « Vent, vent! Viens, viens! »

Cathy était partie à la rivière où elle aidait Outarde blanche à laver notre linge tandis que moi, j'étais restée pour nettoyer les poissons de notre dîner.

Je suis allée chercher Alice chez elle en courant. Puis nous avons suivi Doigts crochus jusqu'à son campement, qui est situé dans une magnifique pinède. Toutes les femmes et les filles du campement étaient rassemblées dans une petite clairière située non loin des tipis. Chacune tenait à l'horizontale un grand morceau d'écorce. Une des femmes tenait une boîte faite d'écorce de bouleau. Elle passait dans le groupe, et chaque femme lui tendait son morceau d'écorce afin qu'elle y dépose une poignée de folle avoine mêlée de son, prélevée de sa boîte. Puis toutes les femmes se sont mises à lancer dans les airs la folle avoine mêlée de son. Le son était alors emporté par le vent, et les grains retombaient sur leur morceau d'écorce. Aussitôt que nous sommes arrivées, on nous a montré comment faire, et j'ai vite appris, même si j'échappais parfois quelques grains. Nous avons fait cela tout l'après-midi et, à la fin, j'avais l'impression que mes bras allaient se détacher de mon corps, mais, en retour, j'ai reçu une pleine boîte de folle avoine à rapporter chez nous. Outarde blanche et papa étaient très fiers de moi et ravis de ce que je rapportais.

20 septembre

Est-ce que ça fait vraiment neuf jours que je n'ai pas écrit dans tes pages? Le temps a passé tellement vite et si agréablement que je ne me suis réveillée que quelques fois, le cœur battant, au beau milieu de la nuit, hantée par le souvenir de cette terrible journée à la Pelouse aux grenouilles. Nous sommes allées tous les jours à la cueillette des petits fruits et nous mangeons bien car le poisson est abondant.

Malheureusement, tout le monde porte des vêtements en lambeaux et, même si Outarde blanche a réussi à obtenir de bonnes peaux, grâce au troc, papa a quand même dû aller chercher du tissu au magasin de la Compagnie. Chaque fois que nous devons acheter quelque chose au magasin, notre dette auprès de la Compagnie augmente. Elle devait être remboursée par le travail que nous allions faire sur nos lots et par les denrées que nous allions fournir à ses trappeurs. Mais maintenant, nous sommes censés retourner dans les Highlands, alors comment allons-nous pouvoir régler notre dette? Je sais que papa et James s'inquiètent beaucoup à ce sujet.

22 septembre

Demain, ce sera l'anniversaire de Robert. L'an dernier, nous n'avons pas pu le fêter, car nous étions en plein voyage, entre York Factory et le lac Winnipeg. Il n'arrête pas de grandir, alors comme cadeau, je lui confectionne une nouvelle paire de mocassins. Papa a réussi à se procurer de la farine et un peu de sucre auprès de la Compagnie; je vais donc lui faire un gâteau. James lui fabrique un bracelet. Papa et Outarde blanche ne veulent pas nous dire ce qu'ils vont lui offrir.

23 septembre

Aujourd'hui, nous avons organisé une fête pour Robert, et tous ses amis de la colonie sont venus, et aussi les petits Indiens. Ils ont joué tout l'après-midi. Outarde blanche et papa ont offert à Robert un arc et des flèches. Il était tellement content qu'il n'en pouvait plus d'attendre la fin des jeux pour aller s'exercer à tirer. Peter est jaloux et, depuis, il n'arrête pas d'en demander un à ses parents afin de pouvoir partir à la chasse avec Robert.

30 septembre

Il s'est mis à faire très froid. Je crois que la neige arrivera bientôt.

1er octobre

Aujourd'hui, il a neigé, et le vent était glacial. Je ne peux pas dire que j'ai hâte d'être en plein hiver. Ce ne serait pas si difficile, si nous savions que nous pourrons retourner à La Fourche le printemps prochain. Mais au printemps, tout ce que nous allons faire c'est de continuer à attendre qu'un bateau puisse nous ramener en Écosse. Et qu'est-ce que nous allons trouver là-bas? Nos champs seront envahis par les moutons et nous ne pourrons pas les cultiver. Allons-nous nous retrouver dans les taudis de Glasgow, comme tous les autres qui ont été expulsés de leurs fermes?

4 octobre

J'ai décidé d'organiser un spectacle pour toute la colonie. Depuis un certain temps, j'essayais de trouver une façon d'occuper nos longues soirées. Il me semble que nous sommes capables de créer une pièce de théâtre et de la jouer. James, Alice, Cathy, Robert,

Peter et Doigts crochus m'ont déjà dit qu'ils voulaient y participer. Ensemble, nous avons décidé d'essayer de raconter, sous forme de saynètes et de chansons, ce que nous avons vécu au cours de l'année qui vient de passer. Si nous travaillons bien, ce spectacle pourra être présenté aux générations à venir afin de leur faire connaître notre histoire. Je sais que maman serait ravie, car ce sera pour moi une nouvelle forme d'écriture à développer, une forme davantage publique par rapport à ce journal, qui n'est destiné à être lu que par moi.

6 octobre

Cathy souhaite personnifier la Compagnie du Nord-Ouest, dans notre histoire. Elle dit que son frère lui a raconté plein de détails que nous ne connaissons probablement pas, à propos de la Compagnie, et que celle-ci n'est pas entièrement mauvaise. Quant à moi, je trouve cela divinement approprié, que Cathy joue le rôle du méchant.

La température s'est un peu radoucie.

15 octobre

Je suis trop occupée à écrire notre pièce de théâtre pour avoir encore le temps d'écrire chaque soir dans tes pages. Je commence aussi à m'inquiéter, car je remarque que j'arrive à la fin de ce carnet. Papa a essayé de m'en trouver un nouveau au magasin de la Compagnie, mais ils n'en ont pas.

La préparation du spectacle a été suspendue, pour le moment. Nous devons tous aider à prendre du poisson. C'est à cette époque-ci de l'année que les poissons blancs remontent des profondeurs des lacs, où ils habitent habituellement, et viennent frayer près des rives. Papa et les autres hommes ont fabriqué des petits canots d'écorce de bouleau, comme ceux des Cris des marécages. Ils utilisent du bois de cèdre blanc pour faire le bâti et les varangues. Puis ils choisissent un bouleau et en pèlent l'écorce, d'une seule pièce, avec un couteau bien affûté. Il faut travailler avec soin afin d'éviter que l'écorce se déchire. Ensuite, ils prennent les fibres des racines d'épinette qu'ils mettent à tremper dans l'eau. Quand elles sont ramollies, ils les frottent jusqu'à ce qu'elles soient assez souples pour servir à coudre les morceaux d'écorce ensemble, puis à les fixer au bâti. Toute l'opération a duré quelques jours et, finalement, nous avons eu un magnifique petit canot. Seul inconvénient : il est très léger et se retourne facilement, contrairement aux bateaux d'York avec lesquels nous avons voyagé récemment.

À quelques reprises, James était tellement occupé à raconter des blagues qu'il ne faisait pas attention et faisait basculer le canot. L'expérience a été très déplaisante, j'en suis sûre, car l'eau est maintenant très froide.

Des milliers et des milliers de poissons ont été attrapés. Papa dit qu'il y en a beaucoup plus que 10 000. Nous travaillons jour et nuit à les vider, à les nettoyer et à les faire sécher en vue de l'hiver. Nous mangeons du poisson tous les soirs, bien sûr. J'ai la chance d'aimer le poisson, mais Robert ne peut même pas en supporter l'odeur. Papa insiste pour qu'il en mange, disant qu'il n'est pas question de faire des caprices, étant donné les circonstances. Alors Robert fait la grimace et trifouille son poisson dans son écuelle. Papa peut parler tant qu'il veut, Robert est beaucoup trop têtu pour l'écouter. Je m'arrange pour qu'il ait toujours du pain indien et, des dizaines de fois, j'ai vu Outarde blanche lui donner des petits fruits. Souvent, il va manger avec ses amis au campement indien où il est trop content de se mettre sous la dent de la bonne viande fraîche, chassée le jour même.

26 octobre

Les hommes ont passé la journée à réparer les canots afin de pouvoir retourner à la pêche. Ils réparent d'abord les déchirures avec les fibres des racines d'épinette, comme les Indiens le leur ont enseigné. Puis ils font chauffer de la résine d'épinette et en versent sur les coutures. En durcissant dans l'eau froide, ce colmatage devient parfaitement étanche. Encore une fois, je suis impressionnée par ces soi-disant sauvages. Ai-je dit « sauvages » ? Je ne pense plus être capable de les voir de cette façon.

10 novembre

Le sol est recouvert de neige. La pêche est finie. Et nous sommes revenus à notre spectacle.

23 novembre

Je vais bientôt manquer de pages dans ce carnet. À partir de maintenant, je vais devoir être brève quand j'écris.

29 novembre

Nous allons présenter notre spectacle le jour de Hogmanay. Cathy continue de me surprendre. Elle a le sens du théâtre et elle est notre meilleure comédienne. James aussi est très bon et, à la grande déception d'Alice, Cathy et lui passent tous leurs temps libres à répéter ensemble. La personnalité de Cathy semble se transformer de nouveau, en ce moment, tout comme quand son frère était là. Lorsqu'elle est occupée à faire une chose pour laquelle elle est douée, son humeur s'améliore, et elle sourit et cesse presque complètement de faire ou de dire des méchancetés. Mais je ne sais toujours pas quoi en penser. Alice, elle, s'est déjà fait une opinion : elle pense que Cathy cache son jeu afin de gagner les faveurs de James. Alors elle s'est mise à la détester. Je trouve que c'est bien dommage, car Alice est une nature douce qui a toujours des mots gentils pour tout le monde; mais Cathy est en train d'en faire un monstre. Dans tout ça, en ma qualité d'auteure et de directrice du spectacle, je dois ménager la chèvre et le chou et, souvent, je me retrouve coincée entre mon frère, Cathy et Alice. La préparation du spectacle nous change les idées, c'est vrai. Mais j'aurais aimé que ce soit un peu plus reposant pour moi!

J'avais juré de ne plus écrire que de courtes notes : pas très réussi, aujourd'hui!

8 décembre

La température est si glaciale que c'en est presque insupportable. Le thermomètre indique 35 degrés au-dessous de zéro. Quand je sors dehors, mes narines se pincent à chaque respiration, et c'est très désagréable. James doit être bien habillé, sinon il pourrait ravoir des engelures. Je lui ai donc confectionné une cagoule qui lui couvre la tête complètement, sauf là où il y a les trous pour les yeux et la bouche. Robert et ses amis ont construit un fort dans la neige et, tous les jours, ils s'y retrouvent. Le froid ne semble pas les incommoder.

14 décembre

Outarde blanche m'aide à fabriquer des mitaines en fourrure de lièvre, que j'offrirai à tout le monde, comme étrennes. Elle a placé des collets, et nous les avons bien surveillés, d'où notre bonne chasse. Et, en prime, nous avons eu un délicieux civet de lièvre.

1ᵉʳ *janvier 1817*

Notre spectacle a été un triomphe. Il ne me reste plus que quelques pages, alors je ne peux pas donner de détails, mais Cathy a été splendide. Elle est devenue la coqueluche de tous les colons et, même quand elle n'est pas absorbée par cette activité, elle semble être devenue une autre personne : pas vraiment douce, mais dotée d'un sens de l'humour qui ne blesse plus son prochain, tout en restant vif et mordant.

Les colons ont célébré la nouvelle année tous ensemble, mais personne ne sait ce qu'elle nous réserve. J'essaie de ne pas être trop déprimée par ce qui nous attend, mais c'est plutôt difficile. Cathy veut monter un autre spectacle portant sur la vie dans les Highlands. Nous allons nous y mettre demain. Tous les jours, je vais aider à l'école qui a été organisée pour les petits enfants.

19 février

Écrire dans ces pages me manque. Je n'ai plus que quelques feuilles. Je les garde pour le jour où nous quitterons cette contrée. Robert a été très malade, mais Outarde blanche l'a soigné avec des remèdes indiens et, maintenant, il est guéri. Elle a réussi à nous sauver tous les deux, mon frère et moi, alors on dirait bien que papa a fait un bon choix. Et je pense même, maman, que tu es probablement reconnaissante à Outarde blanche d'avoir si bien protégé tes enfants.

3 mars

Un messager est arrivé avec des nouvelles si inattendues, si merveilleuses, que je dois essayer d'empêcher ma main de trembler tandis que j'écris. Lord Selkirk était à Montréal quand il a entendu parler de nos malheurs. Il a aussitôt recruté une brigade de soldats qui ont servi durant la tentative d'invasion du Haut-Canada par les Américains, en 1812. Ils se sont rendus directement au fort William et, au beau milieu de la nuit, ils l'ont pris des mains de la Compagnie du Nord-Ouest. Lord Selkirk a demandé à Miles Macdonell de poursuivre plus loin avec les soldats. Ils ont repris le fort Daer à Pembina et aussi le fort Douglas! Papa et plusieurs autres hommes vont retourner à La Fourche avant la débâcle du printemps afin d'être déjà sur place pour le temps des semailles. Nous irons les rejoindre à l'été, quand tout sera prêt pour nous accueillir.

Papa avait raison de ne pas perdre espoir. Je ne me rendais pas compte de la profondeur de mes sentiments, avant ces nouvelles. Je vois bien, maintenant, que je me suis profondément attachée à cette contrée.

Je dois quitter mes nouvelles amies, Doigts crochus, Bonne chanteuse et Visage clair, mais elles disent que nous allons nous revoir. J'ai hâte de retrouver mes autres amies indiennes à La Fourche. On dirait que ma peur de devenir comme les sauvages s'est complètement évanouie. Car ce ne sont pas du tout des sauvages, mais plutôt de bonnes gens qui ont des coutumes différentes des nôtres. Et, qui sait, je vais peut-être bientôt avoir une petite sœur ou un petit frère à moitié indien.

Chère maman, je prie pour que le rêve que tu avais fait pour nous se réalise : que nous soyons des gens libres, dans ce nouveau pays.

19 juin

Nous sommes de retour à La Fourche!

18 juillet

Cher journal, chère maman, ce sera ma dernière note. Mais c'est le cœur rempli d'espoir que je quitte ces précieuses pages. Aujourd'hui, Lord Selkirk est venu nous rencontrer à la Pelouse aux grenouilles, théâtre de notre tragédie. Il nous a fait cadeau de nos lots et a effacé toutes nos dettes. Il nous a aussi octroyé un lot supplémentaire pour l'école et l'église. J'ai vu papa verser une larme. D'ailleurs, tout le monde avait la larme à l'œil.

Lord Selkirk va conclure un traité avec le chef Peguis et les Indiens. Les deux « chefs » sont très fiers.

C'est bizarre. Je ne me soucie plus du tout d'être une vraie demoiselle. Je crois que maman avait raison.

Dieu est tout amour, bonté et compassion. Je ne souhaite rien d'autre que de devenir une femme bonne, comme maman et Outarde blanche. Et papa m'a promis de me faire venir un nouveau carnet d'Angleterre le plus tôt possible.

Alors, adieu pour le moment.

Maman, accorde-nous ta bénédiction.

Épilogue

Isabelle et sa famille nourrissaient de grands espoirs en retournant à La Fourche. Et effectivement, ils y ont passé un très bel été. Il a fait beau, et les cultures ont bien réussi. Il ne restait plus qu'à engranger la moisson, et ils pourraient passer l'hiver chez eux. Malheureusement, la nature en a décidé autrement. Un gel précoce est venu tout gâcher, et le peu de grain qui a pu être sauvé ne pouvait servir qu'à semer. Ils ont donc été obligés de quitter la colonie et d'aller passer l'hiver au fort Daer, à Pembina, où ils ont connu un des pires hivers de tous les temps.

La suite n'a pas été plus facile. L'été suivant, des nuées de criquets se sont abattues sur la région de la rivière Rouge, atteignant par endroits jusqu'à sept centimètres d'épaisseur. Et l'année suivante, à cause des œufs pondus par ces premiers criquets, il y a encore eu une invasion, qui a laissé à peine assez d'herbe pour donner à manger aux bestiaux. Isabelle, avec les autres colons, a alors dû travailler à quatre pattes dans les champs, à la recherche du moindre petit grain qui puisse être sauvé pour les prochaines semailles. Ils ont donc dû passer l'hiver plus au sud pendant plusieurs années.

Les colons ont encore souffert du conflit qui opposait les deux compagnies de traite des fourrures. Cette rivalité a dégénéré en une sorte de guerre des nerfs, les « batailles » se jouant davantage sur le plan financier que physique. Chaque compagnie essayait de fixer à la baisse la valeur d'échange des fourrures avec les Indiens, afin de faire augmenter son volume d'affaires, ce qui finalement a coûté plus cher à chacune tout en rapportant moins de profits. En outre, le gouvernement britannique exerçait des pressions pour qu'une seule compagnie détienne le droit exclusif de la traite des fourrures dans tous les territoires de l'ouest, jusqu'au Pacifique. Confrontées à des profits à la baisse et à ces pressions du gouvernement, les deux compagnies ont fini par fusionner, en 1821, en une seule qui a conservé le nom de la Compagnie de la Baie d'Hudson. Pour les colons de Lord Selkirk, cette fusion représentait une issue positive au conflit, car ils avaient déjà bien assez de problèmes avec leur propre combat contre les forces de la nature.

Isabelle est devenue très proche d'Outarde blanche et de sa famille. Outarde Blanche a donné naissance à trois enfants au cours des cinq premières années de son mariage. Isabelle a consacré tout son temps et toute son énergie à aider aux soins des petits et à s'occuper des autres tâches qui revenaient aux femmes : la cuisine, le ménage, la couture et le potager.

Quand Isabelle a eu 18 ans et que son frère en avait 21, celui-ci a épousé Cathy. Leur union a été orageuse, mais ils s'adoraient. Avec les années, Cathy et Isabelle se sont rapprochées et, une fois dans la vingtaine, elles étaient devenues de très bonnes amies. Alice a eu le cœur brisé, mais pas pour longtemps. Un autre jeune colon s'est mis à lui faire la cour, puis ils se sont mariés et ont vécu très heureux avec leurs 12 enfants.

Toute la famille travaillait fort, et les colons ont fini par former une communauté très unie. En 1825, leur courage a de nouveau été mis à l'épreuve. Isabelle avait alors 22 ans. Ses deux frères étaient mariés, de même que toutes ses amies, mais elle-même était tellement prise par les soins à apporter aux enfants qu'elle n'avait pas le temps de s'occuper d'un amoureux. Du moins, c'est ce qu'elle prétendait tout le temps. Cet hiver-là, il y a eu une énorme tempête de neige, et les colons se sont fait prendre dans la tourmente, à mi-chemin entre La Fourche et Pembina. Trente-trois colons sont morts, cet hiver-là, dont le dernier-né de James. Par la suite, James et Cathy ont encore eu trois filles, mais ils ne se sont jamais consolés de la perte de leur fils, William.

Le 3 mai 1826, le niveau des rivières était anormalement élevé. Le 5 mai, après plusieurs jours de température froide et de temps pluvieux, la rivière Rouge s'est mise à déborder. Les représentants de la Compagnie de la Baie d'Hudson ont alors aidé les colons à s'installer sur des terres plus hautes, un peu au nord de La Fourche. Quarante-sept maisons ont été détruites lors de cette inondation, dont celle de la famille d'Isabelle.

Mais, comme le dit le proverbe, « À quelque chose malheur est bon ». Un des jeunes hommes venus aider les colons était récemment arrivé d'Écosse. Il était le fils cadet d'un comte, exactement comme Lord Selkirk. Il est aussitôt tombé amoureux d'Isabelle et s'est mis à lui faire une cour assidue. Bien qu'elle ait cessé depuis longtemps de vouloir devenir une grande dame, elle a retrouvé, chez ce jeune homme, plusieurs qualités de son père. Robert était tendre, attentionné, intelligent et très drôle. Et il était toujours prêt à donner un coup de main, pendant les durs mois qui ont suivi le retour des colons à leur établissement dévasté. Pour ajouter à leur misère, à cause des pluies abondantes, l'infestation de moustiques a été digne de la pire des plaies d'Égypte. Au total, 250 personnes (soit la moitié de la population de la colonie) sont parties après l'inondation, en quête d'un endroit plus sûr et sans autant d'embûches. Toutefois, tous les colons hardis de Lord Selkirk sont restés. Et cet automne-là, Isabelle s'est mariée.

Deux ans plus tard et de façon tout à fait inattendue, Robert a hérité d'une somme d'argent de sa mère. Il a alors construit, pour Isabelle, une grande maison près de la rivière Rouge. Isabelle avait désormais des domestiques et tout ce dont elle avait rêvé autrefois, mais ces choses ne lui importaient plus guère. Elle se dépensait sans compter à aider les autres et a ainsi été amenée à fonder des œuvres de charité, parmi les plus anciennes de la ville, qui, à partir de 1866, s'est appelée Winnipeg.

Isabelle et Robert ont eu six enfants, tous en parfaite santé : quatre garçons et deux filles. Un septième est mort à la naissance.

Isabelle est morte à un âge avancé, en 1883. À peu près en même temps, un bison a été aperçu pour la dernière fois dans la prairie. Les chasseurs cris mouraient de faim. Leur mode de vie traditionnel s'était éteint à tout jamais.

Note historique

C'est à cause de la bataille de Culloden, en 1746, que la vie des habitants des Highlands d'Écosse a changé à tout jamais. Le bon prince Charles, petit-fils du roi Jacques II, a tenté de renverser George II, roi d'Angleterre, d'Irlande et d'Écosse, mais sans succès. Le prince, que les gens des Highlands voulaient avoir comme seul roi, avait 30 000 Écossais à ses côtés quand sa tentative a échoué. En guise de représailles, l'Angleterre a aussitôt banni tous les clans d'Écosse. La vie n'allait plus jamais y être la même.

Avant cette catastrophe, chaque homme dans chaque clan était propriétaire de sa terre, et l'ensemble des membres du clan élisait l'un des leurs comme chef. Ces fermiers écossais faisaient l'élevage d'une race bovine à longs poils noirs et cultivaient les céréales, qu'ils faisaient moudre dans un moulin collectif. Quand la société clanique a été abolie, les terres ont été reprises aux individus et redonnées aux chefs. Au début, cela n'a pas changé grand-chose, car les anciens chefs ont continué de respecter les anciennes coutumes. Mais quand leurs fils (qui étaient allés étudier en Angleterre) ont pris la relève, la vie a changé du tout au tout. Les fermiers, autrefois propriétaires de leurs terres, n'étaient plus que de simples locataires devant payer un loyer à leurs propriétaires. On peut comprendre que ces gens fiers aient pu être attirés par une vie qui pouvait leur redonner leur indépendance. Sans compter que de nombreux propriétaires se sont mis à expulser les gens de chez eux, car ils trouvaient plus rentable de faire paître des moutons sur leurs terres que de faire cultiver celles-ci par les fermiers. Ces expulsions sont considérées par les Écossais comme un des épisodes les plus noirs de leur histoire.

En 1670, Charles II, roi d'Angleterre, encouragé par les explorations vers l'ouest de découvreurs comme Pierre-Esprit Radisson et Médard Chouart Des Groseilliers, a accordé un privilège d'exploitation à son cousin, le prince Rupert, et au « gouverneur et aux aventuriers pratiquant le commerce à la baie d'Hudson ». Il existait déjà un commerce des fourrures bien établi au Nouveau Monde, mais il se faisait à partir de Montréal. La Compagnie de la Baie d'Hudson, quant à elle, allait prendre livraison de ses stocks de fourrures sur les rives de la baie d'Hudson et les rapportait par bateau directement en Angleterre, sans avoir à passer par les compagnies marchandes de Montréal, telle la Compagnie du Nord-Ouest.

Il est peut-être difficile d'imaginer une compagnie ne devant son existence qu'au seul commerce des fourrures, mais il faut comprendre que cela était nécessaire étant donné la forte demande en chapeaux de feutre, faits avec du poil de castor, sur les marchés européens. Et c'était bien plus qu'une mode passagère, car le chapeau de castor, par son style, était une indication du rang social. Plus d'un demi-million de peaux de castors ont ainsi été écoulées sur le marché de Londres durant les meilleures années de la Compagnie de la Baie d'Hudson. Au début, celle-ci faisait la traite des fourrures sur les rives de la baie seulement, mais, par la suite, elle a été obligée de pénétrer à l'intérieur du continent afin de faire concurrence à la Compagnie du Nord-Ouest. Les trappeurs se déplaçaient en canot ou à pied, en faisant du portage, à travers le vaste territoire de près de 8 millions de kilomètres carrés qui avait été concédé à la Compagnie et qui comprenait non seulement le pourtour de la baie d'Hudson mais aussi le territoire parcouru par toutes les rivières qui y avaient leur embouchure. Certaines d'entre elles prenaient leur source aussi loin que dans le piémont des montagnes Rocheuses, à une distance presque inimaginable.

La présence des trappeurs, des agents de poste et des nombreux postes de la Compagnie de la Baie d'Hudson créait une espèce de barrière face aux colons américains qui, autrement, auraient pu être tentés de s'implanter plus au nord. Plusieurs postes de traite ont servi de point de départ à une colonisation. Des établissements se développaient tout autour, et certains des plus importants, comme le fort Garry (Winnipeg) et le fort Edmonton, sont devenus de grandes villes du Canada d'aujourd'hui. Sous bien des aspects, l'histoire de la Compagnie de la Baie d'Hudson est indissociable de celle du Canada.

En 1810, Lord Selkirk a demandé à la Compagnie qu'elle lui concède des terres à même son territoire, afin d'y établir des colons. Il était à la recherche d'un endroit où installer les milliers d'Écossais des Highlands qui avaient été expulsés de leurs fermes. La Compagnie lui a octroyé un vaste domaine de 300 000 kilomètres carrés, qui comprenait une grande partie du sud du Manitoba actuel, une partie du Dakota du Nord et du Minnesota, l'est de la Saskatchewan et même une petite partie du nord de l'Ontario. Ce territoire, appelé « Assiniboia », lui était concédé à une condition : que la nouvelle colonie fournisse des fermiers à la Compagnie de la Baie d'Hudson.

Dès qu'elle a été au courant de cet arrangement, la Compagnie du Nord-Ouest, rivale montréalaise de la Compagnie de la Baie d'Hudson, a lancé une campagne de presse visant à dénigrer le projet de colonisation. Les journaux écossais étalaient à pleines pages des récits horrifiants qui décrivaient les conditions affreuses auxquelles les colons allaient être confrontés, dès leur arrivée au Nouveau Monde. Malgré cela, les représentants de Lord Selkirk se sont rendus en Irlande et en Écosse afin de recruter des employés pour la Compagnie et des fermiers pour la colonie. Ils y ont trouvé de nombreux volontaires. Les colons allaient recevoir, de la part de la Compagnie, une somme de 20 livres anglaises par année et, par la suite, ils allaient se voir attribuer gratuitement une terre d'environ 40 hectares (100 acres), après avoir contribué à installer la colonie.

Miles Macdonell a été le premier gouverneur de la

nouvelle colonie. Il est arrivé par bateau à York Factory, sur la baie d'Hudson, à la mi-juillet 1811, avec un groupe de fermiers qui s'étaient fait promettre des lots de 8 hectares (20 acres) en échange de leur travail. Ils devaient préparer le terrain afin d'accueillir les premiers colons qui arriveraient l'année suivante. Le 27 octobre 1812, ce premier groupe de colons est arrivé à la rivière Rouge. Ils ont dû immédiatement continuer leur voyage plus loin vers le sud, jusqu'à Pembina, car c'était là que les bisons passaient l'hiver. N'ayant aucune réserve, les colons avaient besoin de la viande des bisons pour survivre jusqu'à ce qu'ils puissent semer, le printemps suivant.

Au printemps 1813, ces premiers colons sont retournés cultiver la terre près du fort Douglas, situé au confluent des rivières Rouge et Assiniboine. Ainsi est né le site de La Fourche, que Macdonell avait choisi pour installer la nouvelle colonie. Les colons ont construit des cabanes en rondins sur la berge de la rivière Rouge. Ils ont semé, mais, à l'automne 1813, il est devenu évident que la colonie était en mauvaise posture. Les plantations qui avaient été faites, soit du blé d'hiver et de printemps, des pois, du chanvre, de l'orge, du seigle et du maïs, n'avaient pas levé. Seules des pommes de terre avaient poussé. Les colons ont donc été forcés, encore une fois, d'aller passer l'hiver à Pembina.

Un deuxième groupe de colons est arrivé au Nouveau Monde à l'automne 1813. La fièvre typhoïde s'étant déclarée à bord du navire, le capitaine était si pressé de se débarrasser de ses passagers qu'il les a fait débarquer à l'embouchure de la rivière Churchill, encore plus au nord que York Factory. Comme c'était déjà la fin du mois de septembre, il n'y avait rien d'autre à faire que de rester sur place. Les colons ont dû construire des cabanes, mais ils étaient tellement affaiblis qu'il leur a fallu beaucoup de temps pour les terminer. Les réserves de nourriture se trouvaient à York Factory, situé loin de là, et les autorités du poste ne voulaient envoyer aucune marchandise aux colons. Les hommes ont alors juré qu'ils n'allaient pas se laisser abattre pour autant. Les femmes aussi ont survécu, refusant de s'avouer vaincues par la rigueur du climat et par le manque de nourriture. En avril, ils ont tous marché jusqu'à York Factory : il leur a fallu 13 jours pour parcourir 240 kilomètres. Les hommes ouvraient la marche, tirant des traîneaux et traçant le chemin pour les femmes, car le sol était encore recouvert de neige.

À la fin du mois de juin 1814, ils sont arrivés à La Fourche. Le gouverneur Miles Macdonell y supervisait la construction d'une belle résidence, qu'il a baptisée fort Douglas en l'honneur de Thomas Douglas, comte de Selkirk. Les colons nourrissaient de grands espoirs, mais ils se trouvaient au centre d'intérêts divergents. La colonie de la rivière Rouge était située sur des terres que les Métis occupaient déjà depuis longtemps, de même que sur la route empruntée par les gens de la Compagnie du Nord-Ouest pour se rendre plus à l'ouest. La rareté de la nourriture était également une source de conflit. Les colons avaient besoin du pemmican pour survivre, le même pemmican dont les gens de la Compagnie du Nord-Ouest avaient besoin pour accomplir leurs longs voyages à l'intérieur du continent. Les rapports entre les deux compagnies, déjà tendus au départ, le sont devenus de plus en plus au cours des dernières années du XVIIIe siècle et des premières années du XIXe.

En janvier 1814, Miles Macdonell a décrété que les gens de la Compagnie du Nord-Ouest ne pouvaient pas emporter avec eux le pemmican du territoire d'Assiniboia. Macdonell a également confisqué le pemmican du fort Gibraltar, qui appartenait à la Compagnie du Nord-Ouest et qui était situé près du fort Douglas, et l'a donné aux colons afin de leur permettre d'hiverner au fort Douglas plutôt que plus au sud, à Pembina. Mais les colons ne se sont pas rendu compte qu'il y avait un loup dans leur bergerie. Un ancien officier nommé Duncan Cameron (qui, par la suite, allait devenir un associé de la Compagnie du Nord-Ouest) s'est présenté en grande tenue militaire et a invité les colons à sa table. Il leur a raconté qu'ils étaient en danger à cause des Indiens, mais que, s'ils acceptaient de partir pour le Haut-Canada, ils n'auraient rien à débourser pour leur voyage et recevraient gratuitement une terre et aussi de la nourriture pour toute une année. Il leur a même promis que, si Lord Selkirk leur devait des gages, il les leur verserait. Cameron était un Écossais, comme eux, et ils l'ont cru.

Miles Macdonell a été arrêté pour s'être emparé du pemmican de la Compagnie du Nord-Ouest. Peu après, de nombreux colons ont accepté l'offre que Cameron leur avait faite de partir pour le Haut-Canada. Quand ils ont été partis, les gens de la Compagnie du Nord-Ouest ont incendié leurs maisons et leurs cultures, et ont éparpillé tout leur bétail. Les quelques colons qui avaient refusé de partir ont dû se réfugier au poste de la rivière Jack, au nord du lac Winnipeg. C'est à ce moment-là que le troisième groupe de colons est arrivé, celui dont le journal d'Isabelle raconte l'histoire. Eux aussi ont souffert des inondations et des rigueurs de l'hiver, mais la plupart ont survécu.

Thomas Douglas, comte de Selkirk, est mort en avril 1820, sa fortune ayant passablement fondu. Il avait été entraîné dans de longues batailles juridiques pour s'être emparé du fort William – qui appartenait à la Compagnie du Nord-Ouest – au printemps 1817, alors qu'il faisait route de Montréal jusqu'à La Fourche, afin de venir en aide aux colons (après avoir été mis au courant de la bataille des Sept-Chênes).

Le 4 mai 1836, les héritiers de Lord Selkirk ont revendu le domaine d'Assiniboia à la Compagnie de la Baie d'Hudson pour l'équivalent d'une somme de 84 000 livres anglaises en marchandises de la Compagnie. Un nouveau fort, appelé Upper Fort Garry, a été construit à La Fourche, à l'emplacement même de l'ancien fort Gibraltar. Et la ville de Winnipeg s'est peu à peu développée tout autour.

Landing of the Selkirk Settlers. Red River, 1812

Lord Selkirk a recruté plusieurs contingents de colons en Écosse, afin de leur faire cultiver la terre dans la vallée de la rivière Rouge. Cette peinture montre l'arrivée du premier groupe de colons, en 1812.

Thomas Douglas, comte de Selkirk, avait déjà établi des colons écossais dans le Haut-Canada et à l'Île-du-Prince-Édouard, avant d'entreprendre la colonisation de la rivière Rouge.

Le chef des Saulteaux, Peguis, et son peuple ont beaucoup aidé les colons de la rivière Rouge.

Miles Macdonell, premier gouverneur de la colonie de la rivière Rouge, a aggravé le conflit entre la Compagnie de la Baie d'Hudson et la Compagnie du Nord-Ouest en décrétant que le pemmican ne pouvait pas être emporté hors du territoire de la colonie.

Les séances de traite des fourrures, qui se tenaient dans les postes de traite de la Compagnie de la Baie d'Hudson, comme York Factory, étaient souvent précédées de tout un cérémonial.

Ce croquis du fort Douglas, à La Fourche, est une copie d'un croquis original exécuté par Lord Selkirk lui-même.

Pêche sous la glace au confluent des rivières Rouge et Assiniboine. Le fort Gibraltar est à gauche, et le fort Douglas, de l'autre côté de la rivière, à droite.

Caravane de charrettes de la rivière Rouge rencontrant une flottille de bateaux d'York. Ces bateaux ont reçu ce nom parce qu'ils servaient au transport entre York Factory et les postes situés plus au sud.

Les trappeurs devaient effectuer de nombreux portages avec leurs canots, lorsqu'ils voyageaient à l'intérieur du continent pour aller chercher des fourrures et les rapporter au poste.

Charrette de la rivière Rouge passant devant la ferme d'un colon, au Manitoba

Chasse aux bisons, d'après une illustration de 1820, montrant la technique de l'enclos utilisée pour piéger les énormes bêtes

Le gouverneur Semple et un groupe de colons se battant contre les Métis, lors de la bataille des Sept-Chênes

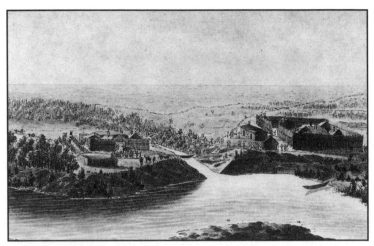

Vue des forts Pembina et Daer, à Pembina, sur la rivière Rouge, en 1822

Le premier fort Garry a été érigé par la Compagnie de la Baie d'Hudson entre 1817 et 1822, au confluent des rivières Rouge et Assiniboine. La construction du deuxième fort, appelé Upper Fort Garry, qu'on voit ici, a débuté en 1835 sur un site se trouvant à l'ouest du premier fort.

174

Le chef de la bande du lac Red (dans le nord-ouest de l'Ontario) s'adressant solennellement au gouverneur de la colonie de la rivière Rouge, au fort Douglas, en 1823

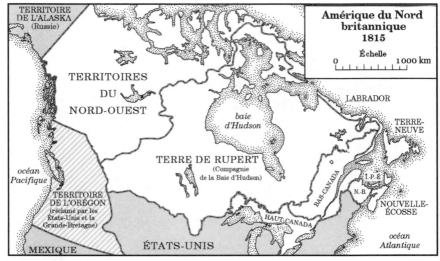

*L'octroi de la Terre de Rupert apportait à la Compagnie de la Baie d'Hudson
un immense territoire de plus de 7 770 000 kilomètres carrés.*

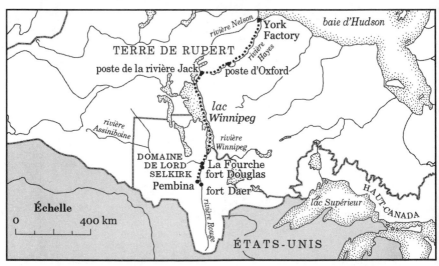

Route suivie par le groupe de colons de Lord Selkirk, arrivé en 1815 à La Fourche

Remerciements

Sincères remerciements pour nous avoir accordé la permission de reproduire les documents mentionnés ci-dessous.

Page couverture, portrait en médaillon : National Gallery of Scotland, Alexander Ignatius Roche, *Nell*, détail (NG 1733).

Page couverture, arrière plan (détail), et page 169 (en bas) : Archives nationales du Canada, Peter Rindisbacher, *Winter fishing on ice of Assynoibain* [sic] *& Red River,* C-001932.

Page couverture, en surimpression : crocus des Prairies, emblème floral de la province du Manitoba, Yüksel Hassan.

Page 166 : Archives de la Compagnie de la Baie d'Hudson, Archives de la province du Manitoba, J.E. Schaflein, *Landing of the Selkirk Settlers, 1812,* ACBH P-388 (N8196). Cette peinture a été reproduite sur la page couverture du calendrier de 1924 de la Compagnie de la Baie d'Hudson.

Page 167 (en haut) : Archives de la province du Manitoba, *Selkirk, Thomas Douglas (5th Earl) 2,* N8752.

Page 167 (en bas, à gauche) : Archives de la province du Manitoba, Peter Rindisbacher, *Indian [possibly Chief Pequis]*[sic], N3753.

Page 167 (en bas, à droite) : Archives de la province du Manitoba, *Miles Macdonell 1,* N16074.

Page 168 : Archives de la Compagnie de la Baie d'Hudson, Archives de la province du Manitoba, Adam Sherriff Scott, *Trading Ceremony at York Factory, 1780's,* ACBH P-420 (N11735). Cette peinture a été reproduite sur la page couverture du calendrier de 1956 de la Compagnie de la Baie d'Hudson.

Page 169 (en haut) : Archives de la province du Manitoba, *Fort Douglas 5,* d'après une copie d'un croquis au crayon exécuté par Lord Selkirk en 1817, N10109.

Page 170 : Glenbow Archives, Calgary, Canada, *Red River cart train*, W.A. Rogers, NA-1406-47.

Page 171 : Archives de la Compagnie de la Baie d'Hudson, Archives de la province du Manitoba, *At the Portage. Hudson's Bay Company's Employés on their annual Expedition*, tiré de *Picturesque Canada, Volume 1*, George Monro Grant (éd.), Belden Bros. Publishing Company, Toronto, 1882. ACBH 1987/363-P-28/7 (N13764).

Page 172 (en haut) : Archives nationales du Canada, *Red River Settler's House and Cart*, William Hind, C-13965.

Page 172 (en bas) : Archives nationales du Canada, *A Buffalo Pound*, George Back (gravure exécutée par George Finden), C-033615.

Page 173 : C.W. Jefferys (1869-1951), *The Fight at Seven Oaks*, aquarelle sur tracé au crayon, exécuté sur carton commercial (35,7 x 47,4 cm), Archives nationales du Canada (n° d'accès 1972-26-779 ; n° de reprod. C-073715). Cette aquarelle a été reproduite sur la page couverture du calendrier de 1914 de la Compagnie de la Baie d'Hudson.

Page 174 (en haut) : Archives nationales du Canada, Peter Rindisbacher, *View of the two Company Forts on the level prairie at Pembina on the Red River*, C-1934.

Page 174 (en bas) : Archives nationales du Canada, *Interior of Fort Garry*, lithographie, C-10531.

Page 175 : Toronto Public Library Historical Picture Collection, W. Day, par la suite attribué à H. Jones d'après Peter Rindisbacher, *The Red Lake Chief, making a Speech to the Governor of Red River at Fort Douglas in 1825*, JRR 2348, n° de reprod. T 15957.

Page 176 : cartes exécutées par Paul Heersink/Paperglyphs. Données des cartes (© Gouvernement du Canada, 2000), avec la permission de Ressources naturelles Canada.

À tous mes jeunes cousins,
qui forment une nouvelle génération
de braves Winnipégois :
Miranda et Hannah Baran,
Daniel, Rebecca et Max Asper,
Stephen et Jonathan Asper,
Sarah et Olivia Asper
(et à tous ceux qui restent encore à naître)

Je tiens à remercier les nombreux experts qui m'ont aidée dans la préparation de ce manuscrit. Mon recherchiste, Lewis St. George Stubbs, aide-archiviste à l'Université du Manitoba, s'est révélé infatigable dans sa recherche des faits historiques. Jack Bumsted, professeur d'histoire à l'Université du Manitoba, a relu mon texte afin d'en vérifier l'exactitude historique. Anne Morten, directrice de la recherche et de la référence aux Archives de la Compagnie de la Baie d'Hudson, a eu l'extrême gentillesse de répondre à mes questions. Bill Waiser, du Département d'histoire à l'Université de la Saskatchewan, a relu ma version finale et m'a fait plusieurs suggestions intéressantes. Barbara Hehner a soigneusement vérifié une multitude de détails historiques. Mon éditrice, Sandy Bogart Johnston, a travaillé très fort avec moi à l'élaboration de mon manuscrit, et je la remercie pour toute cette aide. Et merci aussi à Diane Kerner pour ses commentaires.

Quelques mots à propos de l'auteure

Carol Matas a sa place parmi les plus importants auteurs de romans historiques au Canada. Elle a reçu de nombreux prix. Elle habite avec sa famille à Winnipeg, au Manitoba. Elle a donc une très bonne idée de ce que les colons de Lord Selkirk ont dû endurer durant leurs premières années dans la région des Prairies, avant de pouvoir s'établir de manière plus constante et de pouvoir se construire de meilleures maisons. « J'ai grandi au Manitoba, dit-elle. Pendant que j'écrivais cette histoire et que je me documentais, je ne pouvais que m'émerveiller du courage et de la ténacité de ces premiers colons. Les insectes à eux seuls auraient suffi à me faire hurler et à me convaincre de retourner au plus vite dans le monde civilisé! Nous avons parfois des hivers qui durent huit mois et, quand la température chute à 30 degrés au-dessous de zéro, on ne peut s'empêcher de se demander comment les colons ont pu faire, du moins pour certains d'entre eux comme Isabelle qui, à son arrivée, n'avait qu'un châle pour la tenir au chaud. »

L'un des défis que Carol a dû relever en écrivant cette histoire a été de chercher où se trouvait la « vérité » dans les différentes sources d'information concernant la colonie de Lord Selkirk, des sources nombreuses et parfois contradictoires. Les Archives de la Compagnie de la Baie d'Hudson, localisées à

Winnipeg, ont fourni une abondante documentation, souvent de première main. Toutefois, il y a aussi eu des moments où une source donnée disait « noir », tandis qu'une autre disait « blanc ». Carol a donc dû passer au peigne fin toutes les sources disponibles afin de se faire une idée exacte de ce qui était arrivé aux premiers colons. Les cartes et la reconstitution du trajet suivi par les colons, de même que les conditions matérielles de leur voyage, ont représenté un autre défi. Un élément particulièrement positif est ressorti de cette démarche : Carol a pu consulter les cartes que son père, collectionneur de cartes anciennes, avait amassées au fil des années.

Et comment était-ce, de passer des mois en compagnie d'Isabelle et des autres personnages de son livre? De toute évidence, Carol a beaucoup d'affection pour eux. De l'affection, mais aussi un très grand respect parce qu'ils ont réussi à surmonter tant d'épreuves, grâce à leur débrouillardise et à leur détermination. « En ce beau jour d'été, assise à ma table de travail devant la fenêtre ouverte, pendant que j'écoute le chant des oiseaux et me laisse caresser les joues par une douce brise, tout en mettant la dernière main à ce livre, je leur dis merci à tous, de tout mon cœur. C'étaient des gens vraiment courageux! »

Bien que les événements évoqués dans ce livre, de même que
certains personnages, soient réels et véridiques sur le plan historique,
le personnage d'Isabelle Scott est une pure création de l'auteure,
et son journal est un ouvrage de fiction.

Catalogage avant publication de Bibliothèque et Archives Canada
Matas, Carol, 1949-
[Footsteps in the Snow. Français]
Des pas sur la neige : Isabelle Scott à la rivière Rouge / Carol Matas;
texte français de Martine Faubert.

(Cher Journal)
Traduction de : Footsteps in the Snow.
ISBN 0-439-94153-9

1. Enfants immigrants–Provinces des Prairies–Romans, nouvelles, etc. pour
la jeunesse. 2. Vie des pionniers–Provinces des Prairies–Romans,
nouvelles, etc. pour la jeunesse. 3. Nord-Ouest, canadien–Histoire–Jusqu'à
1870–Romans, nouvelles, etc. pour la jeunesse. 4. Colonie de la rivière
Rouge–Romans, nouvelles, etc. pour la jeunesse. I. Faubert, Martine
II. Titre. III. Titre : Footsteps in the Snow. Français. IV. Collection.

PS8576.A7994F6614 2006   jC813'.54   C2006-903603-9

Édition publiée par les Éditions Scholastic,
604, rue King Ouest, Toronto (Ontario) M5V 1E1

5 4 3 2 1   Imprimé au Canada   06 07 08 09

Le titre a été composé en caractères Thomas Paine.
Le texte a été composé en caractères New Baskerville.

Cher Journal

Mon pays à feu et à sang
Geneviève Aubuchon, au temps
de la bataille des plaines d'Abraham
Maxine Trottier

Mes frères au front
Élisa Bates, au temps
de la Première Guerre mondiale
Jean Little

Entrée refusée
Déborah Bernstein, au temps
de la Seconde Guerre mondiale
Carol Matas